Debbie Macomber

RENDEZ-VOUS À TIMES SQUARE POUR NOËL

Roman

Traduit de l'anglais
par Julia Taylor

CHARLESTON
POCHE

À Diane DeGooyer Harmon
et Kathy Huard
Deux anges très spéciaux
que Dieu a envoyés dans ma vie
quand j'en avais le plus besoin.

1

— Est-ce vraiment la Terre ? demanda Will, le jeune ange apprenti.

Allongé à plat ventre sur un nuage en compagnie de ses trois mentors, il observait avec des yeux ébahis l'intense activité qui se déroulait un peu plus bas.

— C'est bien la Terre, confirma Mercy avec une certaine fierté.

Malgré tous les problèmes qu'elle connaissait, la Terre demeurait un lieu fascinant, avec ses immeubles si hauts qu'ils touchaient presque le ciel et tous ces gens qui passaient leur temps à aller et venir avec une telle détermination, la plupart semblant totalement inconscients du monde spirituel qui les entourait. Mercy avait souvent perdu patience avec les humains, plus souvent même qu'elle ne voulait l'admettre. Ceux qui étaient considérés comme le nec plus ultra des créatures divines paraissaient avoir l'esprit lent et détaché du monde spirituel.

Pourtant, elle les aimait et se réjouissait chaque fois qu'une mission terrestre lui était assignée.

— C'est New York, ajouta Shirley, posant son menton sur ses mains. Oh, j'adore cette ville ! dit-elle avec un soupir.

— Manhattan, pour être exact, précisa Goodness avec un sourire qui indiquait qu'à elle aussi, ces visites terrestres avaient beaucoup manqué.

Les quatre anges flottaient au-dessus de l'Empire State Building et y restèrent un moment, prenant le temps d'observer la foule bruyante qui s'était amassée sur Times Square en cette veille de Nouvel An.

Les yeux de Will s'écarquillèrent tandis qu'il étudiait attentivement la scène qui se déroulait à leurs pieds.

— Est-ce toujours aussi noir de monde ?

— Non ! C'est une soirée spéciale. Les gens se regroupent pour célébrer le début de la nouvelle année.

— Gabriel voulait-il que nous…

— Gabriel, s'écria Shirley en l'interrompant brutalement, n'est pas au courant de notre visite improvisée. Il vaudrait mieux qu'il ne sache pas que nous t'avons amené ici, d'accord ?

— Oui, s'il te plaît, Will… D'ailleurs, il vaudrait mieux que personne ne sache que nous t'avons montré la Terre.

Les trois anges savaient quel genre de problèmes elles auraient si Gabriel apprenait ce qu'elles étaient en train de faire.

— Gabriel a bon cœur mais il a tendance à être strict sur ce genre de choses, expliqua Goodness.

— Ah oui ? Et pourquoi ? demanda Will.

— Eh bien, tu vois... Nous trois... Nous voulions te donner une idée de ce que sont la Terre et ces gens que Dieu aime tant. Cette visite a pour seul but de compléter ta formation, dit Mercy en cherchant du regard l'approbation de ses collègues.

Après tout, elles ne faisaient rien de mal et leurs intentions étaient tout à fait louables. Cette visite sur Terre avait été décidée sur un coup de tête. C'était Mercy qui l'avait suggérée. Naturellement, Goodness avait immédiatement accepté et, après une longue discussion, elles avaient réussi à convaincre Shirley.

Will, un jeune apprenti ange, avait été placé sous leur responsabilité. C'était un véritable honneur que Gabriel leur avait fait, il était donc tout à fait logique que Will ait un aperçu des difficultés qu'il aurait à gérer une fois qu'il aurait commencé son travail d'émissaire du Ciel. C'était une tâche délicate et mieux Will comprendrait les petites manies des humains, mieux il se débrouillerait lorsque Gabriel lui confierait une mission.

Mercy savait qu'avec leur aide, Will ferait un jour un excellent émissaire. C'était un ange jeune et enthousiaste et il voulait tout savoir de la Terre et du rôle qu'il y jouerait.

Ainsi que Mercy, généralement considérée comme le trublion de la bande, l'avait fait remarquer, leur devoir nécessitait sérieux et détermination. Elle n'était pas la seule à croire cela. Goodness – cette pauvre Goodness – avait acquis une certaine réputation, elle aussi, et Mercy s'en sentait responsable. Mais ça, c'était une autre histoire... Quant à Shirley, c'était la plus raisonnable des trois anges et elle faisait de son mieux pour garder ses amies dans le droit chemin. Shirley était un ancien ange gardien et elle avait fait du si bon travail que Gabriel leur avait proposé à toutes les trois de former le jeune ange prometteur qui les accompagnait désormais.

Il était naturellement entendu que, si les trois anges acceptaient cette mission, elles ne feraient pas la moindre bêtise, ne créeraient pas l'ombre d'un problème... Elles avaient accepté toutes les trois. C'était un grand honneur à tous points de vue et leurs intentions étaient bonnes.

Pourtant, ils étaient là tous les quatre à Times Square, le soir du réveillon du Nouvel An, dans l'une des plus belles villes de la Terre. Mercy prit une profonde inspiration, savourant ce moment. La présence de Will avait été une bonne excuse, mais la vérité était que la Terre lui avait manqué, ainsi que le vacarme de la grande ville.

— La Terre n'est-elle pas merveilleuse ? demanda Goodness, ses grandes ailes vibrant de plaisir. Regardez toutes ces lumières. J'ai toujours adoré la lumière !

— Comme nous toutes, lui rappela Shirley.

— Pourrions-nous descendre voir les gens de plus près ? demanda Will.

— Absolument pas, répondit Shirley avec autorité.

— Oh, je ne vois pas où est le problème, protesta Goodness, qui observait toujours avec de grands yeux émerveillés les lumières scintillantes de la ville.

Will dévisagea les trois anges chacune leur tour.

— Comment apprendra-t-il quoi que ce soit sur les humains s'il n'a jamais l'occasion de passer du temps avec eux ? demanda Mercy, prenant le parti de sa meilleure amie.

Shirley était très scrupuleuse lorsqu'il s'agissait de respecter les règles.

— Il ne saura jamais rien des humains s'il ne les côtoie pas, argumenta Goodness.

Shirley parut hésiter. Elle qui semblait généralement avoir des opinions bien tranchées sur un certain nombre de sujets, on pouvait facilement la faire changer d'avis, c'était d'ailleurs ce qu'il y avait de mieux dans le fait de travailler avec elle, pensait Mercy.

— Eh bien…

— Pouvons-nous entendre les prières des humains ? demanda Will.

— Oh non, s'exclama Shirley. Seul Dieu entend leurs prières, puis il en parle avec Gabriel et ensuite…

— … Ensuite, Gabriel nous confie la mission de les aider à exaucer leurs prières.

— L'un de nos devoirs est d'aider les humains à comprendre combien ils peuvent s'aider eux-mêmes avec l'aide de Dieu, expliqua Goodness.

— Nous faisons tout notre possible sans intervenir directement dans leurs vies, ajouta Shirley en lançant un regard noir à Goodness et à Mercy.

Mercy perçut immédiatement la menace dans le ton de son amie.

— Mais d'abord – et c'est le plus important –, nous sommes là pour enseigner une leçon aux humains, insista Goodness. C'est notre devoir, et ce n'est qu'après cela que nous pourrons les aider à résoudre leurs problèmes. Le plus difficile, c'est quand ils refusent d'apprendre, ajouta-t-elle en secouant la tête. Certaines personnes semblent vouloir que Dieu intervienne et règle tous leurs problèmes, sans faire le moindre effort de leur côté.

— Ce n'est pas ainsi que ça marche ! dit Mercy qui, pourtant, avait resquillé plus d'une fois pour venir en aide à de pauvres âmes en détresse.

Théoriquement, répondre à des prières pouvait paraître simple. Malheureusement, les humains se révélaient parfois de parfaits idiots.

— Ils peuvent être extrêmement obstinés, ajouta Goodness en secouant la tête.

— Et très déterminés, concéda Shirley.

— Oh oui, et une fois…

Mercy ferma soudain la bouche. Il valait mieux ne pas révéler leurs bêtises passées, de peur que cela n'incite leur jeune apprenti à suivre la même voie. Gabriel n'apprécierait pas.

— Que s'est-il passé ? demanda Will avec curiosité.

— Rien, rien du tout, répondit Shirley. Il y a certaines choses dont il vaut mieux ne pas parler.

— Puis-je descendre voir les humains ? insista Will. Je ne dirai rien à Gabriel, c'est promis.

— Ce n'est pas le seul ! s'écria Shirley. Personne au Ciel ne doit savoir que nous sommes venus.

— Ni sur Terre, ajouta Goodness.

— Nous ne pouvons donc pas parler aux humains ? demanda Will d'un air confus.

— Nous le pouvons, mais seulement si…

— Mais certainement pas ce soir, coupa Shirley d'une voix forte.

Mercy prit la main de Will dans les siennes.

— Il y a eu des moments, au cours des deux derniers millénaires, où nous avons parlé directement aux humains, dit-elle.

— Mais en de très rares occasions !

— Oui, très rares.

— Mais pas aussi rares qu'elles auraient dû l'être, ajouta Shirley en croisant les bras sur sa poitrine d'un air sévère.

Pourtant, ses amies voyaient bien qu'elle hésitait sur la meilleure façon de gérer cette séance de formation.

— Je crois que ça ne ferait pas de mal à Will de descendre dans la foule, répéta Goodness. C'est une soirée très spéciale sur Terre, ce soir.

— Je promets de ne rien dire à personne, sur la Terre comme au Ciel, jura Will.

Il était difficile de refuser, surtout que Mercy brûlait d'envie de faire la même chose. Cela faisait longtemps qu'elle n'était pas allée sur Terre et les humains l'avaient toujours fascinée.

— Allons-y, proposa Goodness en se frottant les mains.

— Je… Je ne sais pas.

Mercy ignora l'ancien ange gardien.

— Moi, j'y vais, s'écria-t-elle. Will, suis-moi sans t'éloigner. Fais pareil que moi.

Elle fila vers Times Square avec Will d'un côté et Goodness de l'autre.

— Non ! Non… Cela pourrait être une erreur, cria Shirley avant de se précipiter pour les rattraper. Attendez-moi !

Ils atterrirent tous les quatre derrière une barrière contre laquelle plusieurs personnes étaient appuyées. Des policiers patrouillaient de l'autre côté de la barrière, cherchant du regard le moindre signe de débordement.

— Peuvent-ils nous entendre ? demanda Will à voix basse.

— Seuls ceux avec des oreilles spirituelles tournées vers Dieu le peuvent, répondit Shirley. Et même à ce moment-là, ils douteront de ce qu'ils ont entendu.

— Personne ne nous entend, affirma Mercy avec certitude.

Fort heureusement, la foule était bien trop prise par l'excitation du moment pour remarquer la présence des anges.

— Pourquoi portent-ils des manteaux, des écharpes et des gants ? demanda Will en regardant autour de lui.

— C'est l'hiver.

— Oh… Tout le monde a le regard tourné vers cette immense horloge.

— Oui, il ne reste plus que deux minutes avant le début de la nouvelle année.

Will, qui était si jeune, avait probablement du mal à comprendre ce concept. Tout ce qu'il savait venait du Ciel, où il n'existait ni horloges ni calendriers. Là-haut, le temps n'avait pas de sens : passé, présent et futur étaient une seule et même chose.

Les contraintes de temps avaient toujours posé problème à Mercy. Gabriel leur accordait généralement un temps limité pour aider les humains à exaucer leurs prières, et y parvenir en si peu de temps pouvait souvent sembler mission impossible. Pourtant, d'après ses nombreuses expériences, Mercy avait appris qu'avec l'aide de Dieu, tout était possible. Cette importante leçon, elle espérait la transmettre à Will dès que l'opportunité se présenterait.

— Pourquoi les rues sont-elles noires ? demanda Will, tête baissée.

— Elles ne sont pas dorées ici.

— C'est ce qu'on appelle l'asphalte. La Terre ne ressemble pas du tout au Ciel, expliqua Mercy.

Si Will passait un peu plus de temps sur Terre, il remarquerait rapidement bien d'autres différences.

— Où est Shirley ? demanda soudain Goodness qui se retourna si rapidement qu'elle causa un petit tourbillon.

Des papiers se mirent à voler dans tous les sens et les gens agrippèrent leur chapeau.

— Nous avons perdu Shirley !

— Mais non ! répondit Mercy qui voulait paraître calme devant Will. Je suis sûre qu'elle est par là.

— Je ne la vois pas !

— Oh non ! s'écria Will. Shirley a disparu.

— Elle est forcément là, tenta de les rassurer Mercy.

Mais elle-même commençait à paniquer. Shirley était la plus âgée et avait tendance à être facilement distraite, mais disparaître ainsi ne lui ressemblait pas.

— Cherchez où il y a des enfants, ordonna Mercy à Goodness et à Will.

Shirley adorait les enfants, c'était la conséquence de toutes ses années de travail en tant qu'ange gardien.

Mercy la chercha dans la foule puis s'éleva dans les airs pour dominer la rue, mais elle ne vit pas son amie.

— Alors ? demanda Goodness qui était venue la rejoindre.

— Rien. Et toi ?

— Non.

Mercy continua de regarder à droite et à gauche et, lorsqu'elle se retourna vers Goodness, elle découvrit qu'elle avait disparu, elle aussi. Cette fois, elle paniquait pour de bon.

— Will ! cria-t-elle, effrayée d'avoir perdu le contrôle de la situation.

— Je suis là.

— Vois-tu Goodness ?

— Je croyais que c'était Shirley que nous cherchions, répondit-il d'un air confus.

Ce que Mercy ne dit pas à Will, c'est que la disparition de Goodness l'inquiétait bien plus que celle de Shirley. Avec Goodness, on ne pouvait jamais savoir quels ennuis on allait s'attirer. Elle était imprévisible.

— Ce n'est pas elle, là, à côté de ces gens sur le stand ? demanda Will.

Stand ? Quel stand ? Elle regarda dans la direction que lui indiquait Will. C'était exactement ce qu'elle craignait : Goodness avait été distraite par l'équipe de télévision et ses caméras. Goodness ne pouvait pas résister à toutes ces lumières.

Mercy arriva juste à temps. Goodness avait aussi un faible pour les appareils électroniques. On ne trouvait pas ce genre de choses au Ciel : des formes de communication aussi primitives, il n'y avait que sur Terre qu'on en trouvait.

— Goodness ! s'écria Mercy. Arrête !

Surprise, Goodness disparut derrière l'écran géant, mais pas avant que son ombre apparaisse à l'écran l'espace d'un instant. Soudain, la foule se tut.

— Vous avez vu ça ? s'écria quelqu'un en montrant l'écran géant.

— On aurait dit un ange !

— C'est un signe de Dieu !

Oh non, pensa Mercy. La situation dégénérait. Si Gabriel l'apprenait, ils pourraient tous être bannis de la Terre à jamais.

— Je savais que quelque chose comme ça allait arriver, dit Shirley en apparaissant soudain à côté de Mercy, les mains fermement plantées sur ses hanches.

Ses yeux brillaient d'indignation.

— Nous te cherchions, s'exclama Mercy. Où étais-tu passée ?

— J'étais dans le coin, répondit-elle vaguement.

— Goodness !

Shirley attrapa l'autre émissaire juste avant qu'elle ne réapparaisse sur l'écran géant.

— Elle ne peut pas s'en empêcher, dit Mercy qui se sentait obligée de défendre son amie.

— Où est Will ?

— Il est juste…

Mais, bien entendu, Will avait disparu à son tour.

— Je vais le retrouver, affirma Mercy.

Mais avant, elle devait s'occuper de Goodness.

— Je sais, je sais, dit Shirley en attrapant Goodness pour la seconde fois. Je la ramène au Ciel. Occupe-toi de chercher Will.

— Où étais-tu passée ? répéta Mercy qui ne voulait pas laisser partir Shirley sans connaître les raisons de sa disparition.

— Oh, je suis désolée, j'ai vu un petit garçon qui pleurait. Sa mère faisait de son mieux pour essayer de le calmer mais rien n'y faisait, alors je lui ai donné un coup de main. Il dort comme un ange, à présent.

— Grâce à toi.

— Je connais des berceuses, j'en ai appris un bon nombre en mon temps.

— Je te rejoins dès que possible, dit Mercy qui, du coin de l'œil, venait d'apercevoir Will.

Comme elle s'en doutait, il était retourné dans la rue. La foule se mit à égrener les secondes à pleins poumons, puis un immense cri de joie accueillit la Nouvelle Année.

— Bonne année ! cria Shirley en raccompagnant Goodness au Ciel.

— Bonne année, répondit Mercy.

Elle n'avait plus qu'à aller chercher Will avant qu'il ne s'attire lui aussi des ennuis.

Oh non… Elle arrivait trop tard.

Elle était entourée d'humains qui se prenaient dans les bras en s'embrassant et Will se trouvait un peu plus loin, se tenant à côté de deux personnes qui se tournaient le dos.

Mercy devina ce qui allait se passer et observa la scène avec impuissance. D'un petit mouvement d'aile, Will poussa les deux inconnus l'un contre l'autre…

2

Se rendre à Times Square le soir de la Saint-Sylvestre n'était pas une bonne idée. Lucie Ferrara aurait préféré se glisser sous sa couette avec un bon livre.

Pourquoi donc n'avait-elle pas réfléchi ?

Au lieu de passer sa soirée chez elle bien au chaud, Lucie s'était laissée convaincre par ses amies Jazmine et Catherine de les accompagner à cette délirante veillée du Nouvel An. Sa propre mère s'y était mise, insistant sur le fait que Lucie travaillait trop et ne sortait jamais.

Jusque-là, cette fête n'avait pas du tout été une réussite. Jazmine et Catherine restaient introuvables et Lucie se trouvait prise au piège au milieu d'une véritable marée humaine qui l'empêchait de respirer. La foule la pressait de tous côtés et Lucie n'avait qu'une idée en tête : s'enfuir le plus vite possible. Elle voyait la bouche de métro, toute proche. Si seulement elle parvenait à se frayer un chemin jusqu'à l'entrée, elle pourrait peut-être encore sauver sa soirée…

Tout à coup, la foule se mit à hurler à l'unisson. Une clameur s'éleva de Times Square tandis que l'air « *Auld Lang Syne* » retentissait dans l'air froid de la nuit.

Comme si Lucie ne se sentait pas assez seule comme ça, tous les couples qui l'entouraient s'enlacèrent et commencèrent à s'embrasser.

Lucie ferma les yeux. Cela faisait des semaines qu'elle n'était pas sortie le soir et elle avait besoin de faire un break, comme le lui avait gentiment rappelé sa mère, Wendy. Et elle avait raison : Lucie travaillait trop et avait bien besoin de se changer les idées. Ouvrir un restaurant en quelques mois n'était pas chose aisée. Certes, elles avaient trouvé le local idéal dans Brooklyn, pas très loin de leur appartement. Mais même si le lieu était superbe, il était indispensable d'y faire de gros travaux de rénovation et les permis de construire nécessitaient du temps, de l'argent et beaucoup de travail.

De plus, Lucie se sentait une lourde responsabilité vis-à-vis de sa mère, qui avait investi tout l'argent de l'assurance-vie qu'elles avaient touché au décès de son père, pour faire de ce restaurant une réussite. La confiance que sa mère plaçait en elle était à la fois une bénédiction et une malédiction. Si Lucie échouait, elle ne se le pardonnerait jamais.

Soudain, quelqu'un la bouscula. Elle trébucha et faillit tomber.

— Oh, pardon !

— Pardon !

Elle rouvrit les yeux et se trouva nez à nez avec l'homme le plus séduisant qu'elle ait jamais vu – en dehors d'un écran de cinéma. Il la dépassait d'au moins une tête et la regardait de ses yeux marron emplis de chaleur et de douceur. Une mèche de cheveux bruns tombait sur son front.

— Tout va bien ? lui demanda-t-il. La foule…

— Je sais, il y a un monde fou. Pas de problème, je n'ai rien.

Il plaça ses mains sur ses épaules, comme pour l'empêcher de tomber. Il la tint ainsi pendant un long moment et ils continuèrent à se regarder. Il ne semblait pas être venu en couple. Il était seul, perdu dans la foule, tout comme elle.

— Vous permettez ? demanda-t-il.

Elle le regarda sans comprendre et cligna des yeux.

Alors, sans l'ombre d'une hésitation, il posa ses lèvres sur les siennes.

Montant sur la pointe des pieds, Lucie passa ses bras autour de son cou et répondit à son baiser. Après tout, il était minuit, c'était le soir de la Saint-Sylvestre et cela faisait partie de la tradition.

Leur baiser se prolongea jusqu'à la fin de la chanson et Lucie y prit beaucoup de plaisir. Ce n'était pas l'un de ces baisers passionnés qui vous donnent l'impression de sentir la terre trembler sous vos pieds, mais c'était un baiser doux, chaud et agréable. Très agréable, même. Elle faillit protester lorsqu'ils s'éloignèrent légèrement l'un de l'autre pour y mettre fin.

Il lui sourit et Lucie lui rendit son sourire.

— Je m'appelle Aren Fairchild.

— Lucie Ferrara.

La foule commençait à se disperser. Les gens qui les entouraient et se pressaient contre eux un instant auparavant étaient en train de partir. Brusquement, tout le monde semblait avoir quelque chose à faire, un endroit où aller.

Lucie et Aren restèrent immobiles. Il la tenait toujours par les épaules.

— Je suis venu ici avec ma sœur mais nous avons été séparés, expliqua-t-il.

— Et moi, j'étais censée retrouver mes amies Jazmine et Catherine mais je ne sais pas où elles sont.

— Alors vous êtes seule ?

Lucie hocha la tête.

— Moi aussi. Nous pourrions peut-être trouver un endroit sympa où boire un verre de vin ?

— Avec plaisir, répondit-elle, le cœur battant d'excitation.

Cette soirée ne serait peut-être pas un désastre, en fin de compte.

Son téléphone portable lui annonça qu'elle venait de recevoir un message. C'était Jazmine.

Où es-tu ?

Lucie répondit rapidement.

Toujours à Times Square.

C. et moi retournons prendre le métro.

On s'appelle demain.

OK.

Lucie rangea son téléphone dans son sac et vit que Aren était lui aussi en train d'envoyer un message. Il leva la tête après avoir remis son téléphone dans la poche intérieure de son manteau.

— J'ai dit à ma sœur de rentrer sans moi.

— J'ai dit la même chose à mes amies, répondit-elle.

Il la prit par la main et ils quittèrent Times Square. Après plusieurs tentatives infructueuses pour trouver une table libre dans un bar à vins, ils finirent par renoncer et s'installèrent dans un café ouvert toute la nuit.

Cela faisait du bien de s'asseoir et la chaleur était bienvenue. Lucie ôta son manteau et Aren déboutonna son pardessus.

— Je suis désolé de ne pas mieux connaître le quartier, j'aurais pu trouver un endroit plus sympa.

— Je pense que ça n'aurait rien changé, le rassura Lucie. Un soir comme celui-ci, tous les bars et restaurants sont pris d'assaut. Nous avons eu de la chance de trouver de la place quelque part.

Après avoir parlé, elle réalisa qu'il ne devait pas venir de New York.

— Vous n'êtes pas d'ici ? demanda-t-elle.

— Non, je viens de Seattle, répondit-il.

Autrement dit, c'était un touriste. C'était probablement mieux ainsi, étant donné qu'elle n'avait pas vraiment le temps de s'investir dans une relation amoureuse… du moins si cela en devenait une. Oh non, voilà qu'elle tirait déjà des plans sur la comète !

— J'ai emménagé récemment à New York.

— Oh…

Même si la situation de Lucie risquait de ne pas changer avant un bon moment, cette révélation la mit de bonne humeur.

— Et vous ? demanda-t-il.

— J'habite Brooklyn.

— Je n'y suis pas encore allé mais ma sœur m'a dit que c'est en train de devenir un endroit très branché. Je dois trouver un appartement et elle m'a suggéré de chercher de ce côté.

— Je suis sûre que le quartier vous plairait.

Lucie y avait vécu toute sa vie et elle s'y sentait chez elle. L'appartement qu'elle partageait avec sa mère était situé à côté de Jamison Street. Leur futur restaurant – *De Divins Délices* – serait relativement proche de leur domicile.

— Qu'est-ce qui vous amène à New York ? demanda-t-elle.

— Mon travail. Je suis écrivain et on m'a proposé d'écrire pour le journal *The New York Gazette.*

— Vous allez travailler pour la *Gazette* ? Waouh, vous devez être très doué.

— Je l'espère… nous verrons bien. Et vous ? Que faites-vous dans la vie ?

Lucie ne savait pas par où commencer.

— Eh bien, j'ai récemment obtenu mon diplôme de l'école de cuisine, et ma mère et moi nous préparons à ouvrir notre propre restaurant.

Elle eut l'impression que Aren allait dire quelque chose, mais il se ravisa.

— C'est beaucoup de travail, dit-il simplement.

— Ah ça oui !

Elle faillit se lancer dans un long exposé sur les obstacles et les difficultés d'une telle entreprise, l'argent que cela coûtait et les angoisses que cela entraînait, mais elle s'arrêta à temps. Ce n'était pas le moment de monopoliser la parole.

— Vous semblez bien pensive, reprit Aren.

— Juste avant qu'on entre en collision, vous et moi, j'étais en train de me dire que j'aurais largement préféré rester à la maison plutôt que de me retrouver seule dans la foule et le froid, répondit-elle en souriant.

— Je pensais la même chose, répliqua-t-il en riant. La seule raison pour laquelle j'ai accepté d'aller à Times Square, c'est que je ne voulais pas laisser ma sœur toute seule. Elle a du mal à se remettre d'une rupture récente. D'ailleurs, j'étais en train de me demander si j'arriverais à retrouver le chemin de son appartement.

— Vous êtes perdu ?

— Pas vraiment, répondit-il, un peu gêné. J'ai généralement un bon sens de l'orientation, mais je n'arrive pas à comprendre comment fonctionne cette ville. Par exemple, que signifie « sur la 53e entre la 6e et la 7e » alors que l'adresse indique quelque chose de complètement différent, comme 12, Madison Avenue ?

Lucie éclata de rire.

— Ne vous inquiétez pas, vous vous y ferez vite.

— Je l'espère !

Une serveuse débordée vint leur apporter des menus.

— Du café ?

— Oui, s'il vous plaît, répondit Lucie.

Elle allait en avoir besoin si elle voulait rester éveillée un peu plus longtemps, et elle espérait sincèrement que cet agréable moment ne se terminerait pas trop vite. Sa journée avait commencé à quatre heures du matin par un rendez-vous avec le maître d'œuvre et elle avait dû gérer tout un tas de problèmes qui devaient être réglés le jour même. Après avoir bu une gorgée de café, Aren posa sa tasse et étudia la carte.

— Je ne dîne pas aussi tard d'habitude, mais Josie – c'est ma sœur – m'a assuré que nous trouverions quelque chose à grignoter dehors, fit-il.

— Et finalement, vous n'avez rien mangé.

— En fait, j'ai passé une bonne partie de la soirée à la chercher. Nous étions tout le temps séparés.

La même chose était arrivée à Lucie, qui n'avait cessé de courir en vain après ses deux amies.

— Qu'espérez-vous de cette nouvelle année ? demanda Aren.

— Oh, des tas de choses ! s'exclama-t-elle.

Et pendant les dix minutes qui suivirent, elle ne cessa de parler, jusqu'à ce qu'elle réalise qu'il devait la prendre pour un vrai moulin à paroles. Elle s'arrêta soudain, un peu gênée.

— Assez parlé de moi ! dit-elle. À votre tour, qu'attendez-vous de l'année qui commence ?

— Non, non, continuez, insista-t-il. En fait... il y a une chose importante dont vous n'avez pas encore parlé.

— Et de quoi s'agit-il ?

— Des hommes de votre vie, dit-il avec un sourire chaleureux.

— Pour le moment, il n'y en a qu'un, répondit-elle en haussant les épaules.

— Oh... alors, il y a quelqu'un d'important ?

— Oui, et il est assez possessif.

Le sourire de Aren disparut.

— Vraiment ? Parlez-moi de lui.

— Il s'appelle Sammy et nous vivons ensemble depuis cinq ans. D'ailleurs, il me laisse même dormir avec lui.

— Pardon ? demanda Aren, surpris.

— Sammy est un chien, un bâtard que ma mère et moi avons adopté. Il m'autorise à dormir dans son lit et il me fait bien sentir que c'est uniquement dû à sa grande bonté d'âme !

Aren éclata de rire.

— En d'autres termes, vous êtes célibataire…

— Oui, répondit Lucie en essayant de ne pas montrer à quel point elle était ravie qu'il lui ait posé la question. Et vous ? Y a-t-il une femme dans votre vie ?

— J'ai divorcé il y a deux ans, dit-il avec un soupir.

Son visage devint grave. Lucie put y lire un voile de tristesse et de déception.

— Notre mariage a duré cinq ans. Mais Katie est tombée amoureuse de quelqu'un d'autre…

— Vous avez des enfants ?

— Non, heureusement. Je voulais fonder une famille, mais Katie n'arrêtait pas de trouver des excuses pour ne pas le faire. Finalement, c'est mieux ainsi.

— Et… êtes-vous sorti avec d'autres femmes depuis ?

— Non, pas vraiment. Mais pour en revenir à vous, si je résume la situation, vous n'êtes pas mariée et n'avez pas de petit ami, c'est bien ça ? demanda-t-il. Voyez-vous, Katie m'a quitté pour quelqu'un avec qui elle avait eu une relation avant et…

— Oh, aucun risque de ce côté-là !

— Et pourquoi donc ? demanda-t-il d'un air surpris. Vous êtes une femme très séduisante !

Elle ne put s'empêcher de rougir à ce compliment.

— Eh bien... je n'en ai pas eu le temps. D'abord, j'étais en école de cuisine et je travaillais à mi-temps pour payer mes études. Et à présent, Maman et moi faisons tout pour réussir à ouvrir notre restaurant. J'ai tellement à faire que je ne sais plus où donner de la tête, alors je n'ai pas vraiment de vie sociale...

La serveuse revint prendre leur commande et ils choisirent tous deux un petit déjeuner léger. Ils avaient visiblement beaucoup de choses à se dire car leur conversation ne connut aucun temps mort.

Leurs assiettes avaient été débarrassées depuis longtemps et ils avaient bu chacun deux ou trois cafés de plus lorsque Lucie regarda sa montre.

— Mon Dieu, il est presque quatre heures du matin ! s'exclama-t-elle.

Le temps avait passé à une allure folle. Cela faisait près de trois heures et demie qu'ils étaient assis ensemble dans ce café.

Presque paniquée, Lucie attrapa son sac à main et se leva précipitamment.

— Je travaille tout à l'heure, dit-elle en guise d'explication.

Elle n'arrivait pas à croire que le temps avait filé ainsi. Si elle avait de la chance, elle pourrait s'offrir trois petites heures de sommeil avant de prendre son service de douze heures au restaurant où elle travaillait. Sa mère avait insisté pour qu'elle profite du jour de l'An pour se reposer, mais Lucie n'avait pas voulu refuser les heures supplémentaires, qui étaient payées avec un supplément de cinquante pour cent les jours fériés. Elles avaient trop besoin de cet argent.

Leur objectif était d'ouvrir *De Divins Délices* le 1er mars, mais tout prenait beaucoup plus de temps qu'elles ne l'avaient imaginé et Lucie voyait bien que ce n'était pas réaliste.

Aren lui prit la main pour la retenir.

— Laissez-moi au moins vous raccompagner jusqu'au métro.

— D'accord !

Elle n'avait pas vraiment envie de le quitter mais elle devait être raisonnable, d'autant que cela faisait déjà vingt-quatre heures qu'elle était debout.

— Croyez-moi, ce n'est pas que j'aie envie de m'en aller…

— Je comprends. Ne vous inquiétez pas.

— Oh, Aren, ça fait longtemps que je n'avais pas passé une aussi bonne soirée. C'était très agréable de discuter avec vous.

Elle lui avait raconté des choses qu'elle n'avait jamais dites à personne, pas même à ses meilleures amies. Ses yeux s'étaient emplis de larmes lorsqu'elle avait parlé de son père, mort dix-huit mois plus tôt de complications après une opération de routine.

Son frère vivait au Texas, il était marié et avait des enfants en bas âge. Lucie était donc seule à New York avec sa mère, Wendy. Et celle-ci avait elle aussi des problèmes de santé, un diabète de type I. Elle devait donc être vigilante quant à son régime alimentaire et surveillait constamment son taux d'insuline.

Aren remit son manteau.

— Lucie, vous êtes une jeune femme charmante et très intéressante…

Il avait déjà payé l'addition, ils partirent donc directement.

— J'aimerais beaucoup vous revoir, ajouta-t-il tandis qu'ils se dirigeaient vers la bouche de métro.

— Moi aussi, mais…

— Mais… vous ne savez pas si vous auriez le temps d'être avec quelqu'un, finit-il.

— Oui, acquiesça-t-elle, reconnaissante de voir qu'il la comprenait si bien.

— Écoutez, nous avons tous les deux passé un si bon moment… Ce n'est pas tous les jours que ça arrive, ce genre de choses. J'aimerais apprendre à vous connaître un peu mieux. C'est la première fois en deux ans que je rencontre quelqu'un avec qui je me sens vraiment moi-même… Je viens de m'installer à New York, j'ai rencontré quelqu'un de génial et je ne veux pas que ça s'arrête là, comme ça ! s'exclama-t-il. Ma sœur dit que je suis un type super et…

— Vous *êtes* un type super !

— Et je pense que vous êtes une femme délicieuse…

Ils étaient arrivés à la station de métro.

— Est-ce que je peux encore vous embrasser ? demanda-t-il. Peut-être que j'arriverais à vous convaincre…

Pour toute réponse, elle se pencha vers lui et passa ses bras autour de son cou.

Leur premier baiser avait été très agréable. Le deuxième, maintenant qu'ils se connaissaient un peu mieux, fut bien plus que cela.

Lorsqu'il prit fin, elle réalisa qu'elle ne voulait pas, elle non plus, renoncer à cette histoire qui commençait à peine.

Aren la regardait fixement. Il posa son front contre le sien et fit une suggestion.

— Au lieu de tout arrêter maintenant, je te propose de prendre un peu de temps pour y réfléchir, d'accord ?

— Que veux-tu dire ?

— Je crois que je sais ce que tu penses. Nous sommes fatigués, nous avons bu trop de café et nous sommes sous le charme de cette rencontre.

C'était exactement ce qu'elle pensait.

— Prends une semaine pour réfléchir, ajouta-t-il.

— Une semaine, répéta-t-elle.

— Et si tu décides que tu veux nous donner une chance, retrouvons-nous le 7 janvier à 16 heures.

— Le 7 janvier à 16 heures.

— Sept jours.

D'un coup, Lucie réalisa que cette semaine de réflexion allait lui sembler interminable. Elle était presque prête à prendre sa décision immédiatement. Mais une lourde responsabilité pesait sur ses épaules : le restaurant. Ce n'était pas le moment de tomber amoureuse et d'entamer une relation sérieuse avec quelqu'un. Même si ce quelqu'un était aussi merveilleux que Aren.

— Où ça ? demanda-t-elle. Dans le même café ?

— Non, répondit-il en caressant délicatement son visage comme pour en esquisser le contour. Je suis un grand romantique. Donnons-nous rendez-vous au sommet de l'Empire State Building !

— Pourquoi là-haut ? demanda-t-elle en souriant.

— Parce que c'est là que j'aimerais t'embrasser la prochaine fois.

— Bon, mais… il se peut que je ne vienne pas. Te laisser attendre seul dans le froid, je ne supporte pas bien cette idée…

— Alors ne me fais pas attendre !

— Oh, Aren, je ne sais pas…

— Non, pas maintenant. Réfléchis-y pendant une semaine. D'accord ?

— D'accord.

Aren descendit avec elle dans le métro et lui tint compagnie en attendant que la rame arrive. Lucie entra dans un wagon et alla à la fenêtre pour appuyer sa main contre la vitre. De l'autre côté, sur le quai, Aren appuya sa paume contre la sienne. Quand le métro se mit en marche, elle lui envoya un baiser.

Il avait raison. Une semaine, c'était une durée raisonnable pour prendre sa décision. Un rendez-vous au sommet de l'Empire State Building… c'était si romantique ! Elle ne demandait qu'à le revoir, mais le moment était terriblement mal choisi. Pourtant, aurait-elle un jour l'occasion de faire une aussi belle rencontre ? C'était une question troublante et un peu effrayante, à laquelle elle se sentait bien incapable d'apporter une réponse.

3

Lucie avait dormi moins de trois heures et les yeux lui piquaient tandis qu'elle s'habillait à la hâte pour aller travailler. Physiquement, elle était épuisée, mais elle était de si bonne humeur qu'elle avait l'impression de flotter sur un petit nuage. Elle ne regrettait pas d'être sortie la veille, sa soirée à Manhattan avait été géniale. Avoir rencontré Aren emplissait son cœur de joie et lui ouvrait des horizons. Ils s'étaient si bien entendus qu'elle avait l'impression d'avoir retrouvé un ami d'enfance, quelqu'un avec qui elle aurait grandi puis qu'elle aurait perdu de vue pour le retrouver ensuite comme s'ils ne s'étaient jamais quittés.

Avant la mort de son père et le début de ses études à l'école de cuisine, Lucie avait eu plusieurs petits amis. Avec les autres hommes qu'elle avait rencontrés, il y avait toujours eu une phase un peu maladroite où l'on apprend à se connaître et où l'on n'a pas forcément beaucoup de choses à se dire. Avec

Aren, le contact avait été immédiat. Il était intéressant et semblait curieux de tout ce qu'elle avait à dire. C'était le premier homme qu'elle rencontrait qui ne passait pas tout son temps à parler de lui, qui ne cherchait pas systématiquement à dominer la conversation ni à faire bonne impression.

Lucie passa un coup de brosse dans ses cheveux bruns mi-longs puis les remonta en chignon. Une fois qu'elle serait dans la cuisine du restaurant, elle mettrait un filet pour les retenir et enfilerait sa toque de chef. Sa toque, elle la portait avec fierté. Elle avait travaillé dur pour avoir ce privilège.

Sa mère s'arrêta devant la porte de la salle de bains où Lucie finissait de se préparer.

— À quelle heure es-tu rentrée hier soir ?

— Tard, répondit-elle.

Lucie ne voulait pas dire à sa mère à quelle heure précise elle s'était couchée.

— Est-ce que tu t'es bien amusée au moins ?

Lucie hocha la tête en soupirant.

— J'ai passé la meilleure soirée de toute ma vie.

— Je savais que sortir te ferait un bien fou, répondit sa mère avec un grand sourire. Lucie, tu sais, je me fais du souci pour toi. Tu travailles trop. Je suis contente que tu aies suivi mes conseils.

— Je suis contente aussi. Ne t'inquiète pas pour moi, Maman. Mon rythme actuel ne durera pas éternellement.

Une fois qu'elles auraient réussi à ouvrir leur restaurant, Lucie pourrait prendre un peu de temps pour se reposer. En tout cas, c'est ce qu'elle espérait. Ce restaurant, il fallait absolument qu'il marche. C'était leur avenir, leur rêve, et Lucie était déterminée à en faire une source de profits. Elle n'avait pas le choix. Wendy, sa mère, y avait investi jusqu'au dernier centime. Lucie ne voulait pas la décevoir.

— Tu as rencontré quelqu'un ?

— Maman !

— Je le sens, Lucie. Alors, c'est vrai ?

Lucie hocha la tête à contrecœur.

— Pourquoi es-tu si mystérieuse ? Parle-moi de lui.

— Maman, je n'ai pas le temps ! Je suis déjà en retard…

Sa mère ne se laissa pas dissuader aussi facilement.

— Dis-moi au moins comment vous vous êtes rencontrés, insista-t-elle.

— On s'est rencontrés à Times Square à minuit et il m'a embrassée, répondit Lucie, bien incapable de dissimuler son sourire.

— Mais bien sûr ! s'exclama sa mère, amusée. C'est comme ça que j'ai rencontré tous les hommes de ma vie.

— J'ai perdu Jazmine et Catherine dans la foule et j'étais seule quand tout le monde s'est mis à s'embrasser, à minuit. Aren m'a bousculée par mégarde et nous nous sommes embrassés, nous aussi.

— Je crois que c'est la chose la plus romantique que j'aie entendue de toute ma vie, dit sa mère avec un soupir rêveur.

Lucie finit de se maquiller, jeta un ultime regard à son reflet dans le miroir et se dit que cela ferait l'affaire. Une fois qu'elle aurait fini sa journée de travail, elle mangerait un dîner léger et irait droit au lit. Travailler en cuisine avec des couteaux et du feu quand on n'a pas assez dormi peut être dangereux, et elle se promit d'être prudente.

— Quand dois-tu le revoir ? demanda Wendy en suivant Lucie dans la cuisine.

— Je… Je ne sais pas. Il vient d'emménager à New York et il est très occupé.

— Lucie…

— Oui, Maman ? répondit-elle, se forçant à paraître enjouée.

Sa mère se mit face à elle, les mains sur les hanches.

— Tu me caches quelque chose, je le vois bien. Je t'ai dit quand tu étais petite que tu pouvais tout me dire. Je suis ta mère.

— Et tu es la meilleure maman du monde, répondit-elle en lui faisant un bisou.

— Mais…

— Je t'en dirai plus quand je rentrerai du travail, d'accord ?

Lucie n'avait pas le temps de bavarder et, de plus, elle n'était pas sûre de vouloir tout expliquer à sa mère. Elle était sur un petit nuage depuis qu'elle avait quitté Aren et avait passé la nuit à rêver de lui. Il avait paru si certain qu'ils se reverraient.

Même s'il ne lui avait pas donné beaucoup de détails sur son divorce, elle voyait bien qu'il en avait profondément souffert. Pourtant, il était prêt à surmonter ses peurs pour elle et lui demandait de leur donner une chance à tous les deux, en dépit de la situation compliquée de Lucie.

Aren était en train de découvrir la ville, il cherchait à commencer une nouvelle vie à New York. Et il voulait commencer par sortir avec elle.

Le cerveau de Lucie était agité de questions, de doutes, d'espoirs et d'angoisses. Aren ne resterait peut-être pas aussi longtemps qu'il le pensait, il était peut-être en période d'essai au journal. L'attirance immédiate qu'ils avaient éprouvée l'un pour l'autre avait été une surprise pour eux deux. Mais cela ne changeait rien : le moment était très mal choisi.

— Tu as l'air pensive, ma chérie, dit sa mère en interrompant sa rêverie. Est-ce que tu es sûre que tu n'as pas envie de m'en parler maintenant ?

— Sûre et certaine, répondit-elle avec un sourire forcé. Aren est quelqu'un de génial.

Wendy agrippa le bras de sa fille.

— Il est temps que tu trouves quelqu'un, Lucie. À ton âge, j'étais déjà mariée et enceinte de ton frère.

— Arrête, Maman. On dirait que tu me prends pour Tante Adele.

— Elle ne s'est mariée qu'à quarante-trois ans, lui rappela sa mère.

— Oui, mais Tante Adele a voyagé dans le monde entier, elle a nagé avec des raies manta, elle a monté deux entreprises et s'est mariée quand elle a rencontré l'homme avec qui elle voulait partager sa vie. Moi, je n'ai pas encore rencontré l'homme de ma vie.

— Comment le sais-tu ? demanda sa mère d'un air de défi. C'est peut-être Aren. Donne-lui une chance, Lucie. Ça fait bien longtemps que je n'avais pas vu tes yeux briller quand tu me parles d'un homme. Je n'ai pas encore rencontré cet Aren, mais il me plaît déjà.

En guise de réponse, Lucie prit son sac à main et partit. Sa mère avait peut-être raison, mais elle n'avait vraiment pas le temps d'y réfléchir pour le moment.

Une fois au travail, Lucie fut si occupée à préparer les commandes que le temps passa très vite. À la fin de son service, elle était exténuée et faillit s'endormir dans le métro en rentrant chez elle. Elle ne fut pas surprise de voir que sa mère l'avait attendue au lieu d'aller se coucher, tout comme Sammy qui l'accueillit en lui faisant fête.

— Lucie, regarde-toi… tu es épuisée !

— Ça va, Maman, je t'assure.

— Est-ce que tu as mangé au moins ?

— Oui.

Mais ce n'était pas tout à fait vrai. Elle avait pris une pause, comme elle était tenue de le faire, mais elle avait profité de ce moment pour se reposer et fermer les yeux et, juste avant de retourner aux fourneaux, elle avait avalé un petit pain en guise de dîner.

Lucie passa un moment à bavarder avec sa mère tout en caressant Sammy. Wendy insista pour lui préparer des œufs brouillés et Lucie protesta mais, au fond, ce dîner tardif lui fit un bien fou. Sammy resta assis à ses pieds pendant qu'elle mangeait.

— Alors, dis-m'en un peu plus sur ce jeune homme, demanda Wendy quand Lucie eut fini de manger.

— Maman, as-tu vérifié ton taux d'insuline ce soir ? répondit la jeune femme.

— Je vais bien, ne t'en fais pas pour moi. Je suis vigilante, tu le sais. Mais parle-moi plutôt de Aren.

— Je ne sais pas trop quoi te dire… Il est charmant, drôle et intelligent. Après nous être rentrés dedans, nous sommes allés dans un café et nous avons parlé sans nous arrêter pendant près de quatre heures. Il est journaliste et il doit être très doué parce qu'il vient de décrocher un boulot pour le *New York Gazette*. Il a une sœur et il vit chez elle jusqu'à ce qu'il trouve un appartement. Il s'inquiète pour elle.

— Ah oui ?

— Apparemment, elle vient de se séparer de quelqu'un avec qui elle était depuis deux ans. Leur relation était sérieuse, ils étaient même fiancés, mais il a dû se passer quelque chose parce qu'ils ont annulé le mariage et se sont séparés. J'ai cru comprendre que Josie avait du mal à s'en remettre.

— Aren a l'air d'être quelqu'un de très bien.

— Il l'est, dit-elle avec certitude.

— Quand vas-tu le revoir ? insista sa mère.

— Nous n'avons pas encore décidé… enfin, pas exactement.

Lucie ne voulait pas lui expliquer leur projet ; elle savait que son adorable maman la pousserait à aller retrouver Aren au rendez-vous qu'ils s'étaient donné et ne cesserait de le lui répéter jusqu'à ce que Lucie finisse par craquer.

— Avez-vous échangé vos numéros de téléphone ? demanda Wendy.

Lucie secoua la tête mais elle se rendit compte que sa mère avait fermé les yeux.

— Non.

Elle avait pensé demander son numéro à Aren et était à peu près certaine qu'il aurait aussi voulu avoir le sien. Mais savoir qu'elle pouvait le contacter n'aurait rendu sa décision que plus compliquée. De cette manière, ils ne pouvaient pas revenir en arrière, ils n'auraient pas de seconde chance. Ce serait le 7 janvier ou jamais.

— Il veut que je le retrouve le 7 janvier au sommet de l'Empire State Building, laissa-t-elle échapper.

— Alors, tu dois y aller, répondit sa mère en rouvrant les yeux.

— Le problème, Maman, c'est que ce n'est pas du tout le bon moment, murmura Lucie.

— Et alors ? Si tu attends que tout soit parfait, tu risques de perdre Aren et je ne veux pas que cela arrive.

— Moi non plus. Nous avons décidé de nous donner une semaine pour réfléchir. Il était tard et, même si le courant est bien passé entre nous, ça ne pourrait pas tomber plus mal pour moi. Aren va commencer un nouveau travail, j'ai déjà tant de choses à faire avec le restaurant et…

— Mon Dieu, Lucie Ann, ne sais-tu donc pas que tomber amoureux arrive toujours au mauvais moment ? J'ai rencontré ton père peu de temps avant qu'il ne parte à la guerre du Vietnam. Nous n'avons passé qu'une seule journée ensemble et puis nous avons dû nous écrire. Ton père m'écrivait des lettres magnifiques.

Lucie avait entendu cette histoire des centaines de fois mais elle ne s'en lassait pas.

— Une année a passé, poursuivit-elle à la place de sa mère.

— Treize mois, pour être exacte. J'étais en deuxième année à l'université et un jour, sans crier gare, ton père est apparu sur le campus.

— Un homme en uniforme n'était pas particulièrement bien vu à l'époque, surtout à la fac.

— Ça, tu peux le dire !

— Mais tu l'aimais.

— Oui, mais j'avais des problèmes de santé et je n'étais pas sûre de pouvoir avoir des enfants.

— Mais Papa a dit que rien de tout cela n'avait d'importance, parce qu'il t'aimait.

— Il était très déterminé, c'est vrai, dit Wendy, les yeux brillants.

— Et il t'a donné un délai.

— Tout comme Aren l'a fait avec toi.

— Ce n'est pas la même chose, Maman.

— Ce n'est pas si différent que ça, ma chère fille. Comme je te l'ai dit, rencontrer la bonne personne n'arrive pas forcément au bon moment. On ne rencontre pas l'homme de sa vie le jour de ses vingt et un ans. Ça arrive le plus souvent quand on s'y attend le moins.

Lucie savait que c'était vrai. Son père avait dû travailler dur pour convaincre sa mère de l'épouser. Wendy avait résisté, arguant du fait que George ne savait pas dans quels draps il se fourrait. Même si les circonstances étaient différentes, Lucie avait l'impression que l'histoire se répétait.

— Promets-moi que tu iras le retrouver.

— Maman…

— Je sais que c'est aussi ce que te dit ton cœur, Lucie. Tu ne me trompes pas, ma chérie. Tu n'as jamais su me mentir.

Encore une fois, sa mère avait raison. Mentir à sa mère lui était impossible et Lucie ne supportait pas non plus qu'on lui mente.

— Donne-moi un peu de temps. J'ai toute une semaine pour prendre ma décision.

Le matin du 7 janvier, Lucie se réveilla convaincue qu'elle savait ce qu'elle voulait. Sa mère n'avait cessé de lui parler de Aren pendant toute la semaine, en insistant sur le côté romantique de leur rendez-vous.

À plusieurs reprises, elle lui avait raconté, les yeux brillants, la cour éperdue que lui avait faite le jeune officier qui était un jour devenu le père de Lucie.

— Ton rendez-vous est cet après-midi, rappela Wendy au petit déjeuner.

— Oui, Maman, je sais.

— Dis-moi que tu as décidé d'aller retrouver Aren. Si tu ne le fais pas, je te jure que j'irai moi-même à l'Empire State Building pour le rencontrer.

— Maman !

— Bon, d'accord, je ne le ferais sûrement pas mais Lucie, si seulement tu voyais comme ton visage s'éclaire chaque fois que tu parles de lui. Cela m'a fait la même chose quand j'ai rencontré ton père et, ma chérie, nous avons passé toutes ces merveilleuses années ensemble. Je veux que tu trouves le bonheur, toi aussi.

— Je sais, Maman…

— Cesse de jouer avec mes nerfs et dis-moi quelle décision tu as prise.

Lucie aurait voulu ne pas en faire toute une histoire, mais c'était impossible.

— J'y serai à 16 heures et Aren sera là pour m'attendre.

Leur deuxième rencontre serait digne d'un film hollywoodien, avait-elle décidé.

Wendy se frotta les mains d'un air ravi, incapable de contenir sa joie.

— Dis bien à ce jeune homme que je veux le rencontrer, tu m'entends ?

— Bien sûr, Maman. Tu auras de nombreuses occasions de rencontrer Aren.

Lucie était heureuse de voir l'enthousiasme de sa mère.

— Je me suis arrangée pour partir plus tôt du travail, expliqua Lucie. J'aurai le temps de prendre le métro pour aller en ville.

— Parfait. Tu m'appelleras ? Je veux savoir comment il réagira en te voyant.

— Laisse-moi au moins quelques minutes pour lui dire bonjour !

Lucie n'était pas du genre à regarder tout le temps sa montre, surtout au travail. Mais ce jour-là, elle se surprit à lever les yeux vers l'horloge un nombre incalculable de fois. À quinze heures, une bonne heure avant leur rendez-vous, elle alla se remaquiller et quitta le restaurant pour aller prendre le métro. Elle était sur le point de descendre les escaliers quand son téléphone portable sonna.

— Lucie Ferrara ? demanda une voix de femme.

— Oui ?

— Ici l'hôpital Mount Vernon. Votre mère est ici. Elle a fait une mauvaise chute et s'est cassé le bras. Elle va devoir être opérée…

— Oh mon Dieu ! Comment va-t-elle ? Elle est diabétique…

— Ne vous inquiétez pas, nous avons stabilisé sa glycémie.

— J'arrive tout de suite, dit Lucie en tentant de contrôler la panique qui menaçait de s'emparer d'elle.

Elle était sur le point de se précipiter dans les escaliers quand elle hésita et leva la tête. Elle voyait Manhattan au loin et l'Empire State Building. Mais elle n'avait pas le choix. Elle n'arriverait jamais à temps pour son rendez-vous avec Aren. Sa déception était immense. Malgré sa décision, il serait là-haut en train de l'attendre… et elle n'irait pas. C'était une intervention divine…

Lucie était aux côtés de sa mère quand celle-ci se réveilla après l'opération. Elle semblait confuse et étonnée de la voir là.

— Dis-moi que tu as vu Aren, dit-elle.

Incapable de lui répondre à haute voix, Lucie secoua la tête.

— Mais j'ai dit à l'hôpital de ne pas t'appeler.

— Maman, je devais venir pour parler aux médecins. Que s'est-il passé ?

Lucie n'avait pas besoin de poser la question. Elle savait très bien ce qui s'était passé. La glycémie de sa mère avait chuté et elle était tombée. Heureusement, Wendy était avec une voisine qui avait immédiatement appelé les secours.

— Oh Lucie, je suis désolée. Tout est de ma faute.

— C'est le destin, Maman. C'est que ça ne devait pas avoir lieu.

— Non, non, je n'y crois pas.

Sa mère ferma les yeux et ses lèvres se mirent à bouger en silence.

— Que fais-tu ?

— Chut ! Je prie.

— Tu pries pour quoi ? demanda Lucie d'un air amusé.

— Pour toi et Aren. Je demande à Dieu de vous donner une seconde chance de vous rencontrer. Il le fera, crois-moi. Dieu vous donnera une seconde chance parce qu'il sait que je ne lui pardonnerais jamais si tu passais à côté de l'amour de ta vie à cause de moi.

— C'est très gentil, Maman, mais je pense que Dieu a des prières plus importantes à exaucer !

— Ne sois pas idiote ! répondit sa mère avec un rire moqueur. Et ne t'étonne pas si tu rencontres Aren dans la rue par hasard dans les jours qui viennent. Tu peux me croire.

— Oui, Maman.

Elle disait ça à sa mère pour lui faire plaisir, mais elle doutait franchement que Dieu s'intéresse à des problèmes aussi insignifiants que les siens. Malgré tout, elle ne put s'empêcher d'espérer.

4

Décembre – Onze mois plus tard

Gabriel ouvrit l'immense livre de prières et passa en revue les innombrables requêtes qui arrivaient sur son bureau tous les jours. Ses émissaires allaient et venaient sous ses ordres. Le Paradis était en effervescence.

Noël approchait à grands pas, c'était la période de l'année où il avait le plus de travail et les anges qui avaient le statut d'émissaire venaient à manquer. L'activité terrestre était intense durant les fêtes ; les humains étaient très occupés et Gabriel voulait à tout prix éviter le rush de dernière minute.

Il suivait du doigt la longue liste et s'arrêta au nom d'une New Yorkaise dont la prière n'avait pas été exaucée, une certaine Wendy Ferrara. La prière remontait presque à un an en arrière. Gabriel réfléchit. Ce nom lui disait quelque chose mais il avait toutes les peines du monde à se souvenir pourquoi.

Soudain, la prière lui revint en mémoire. Lorsqu'il l'avait reçue, il avait demandé qu'une enquête soit menée. Après avoir lu le rapport, il avait décidé de prendre le temps nécessaire pour décider de la manière dont il allait gérer cette situation malencontreuse. Apparemment, ses trois anges préférés avaient décidé de n'en faire qu'à leur tête, une fois de plus. Pire encore, leur jeune apprenti, Will, avait été de la partie. Gabriel avait nommé Shirley, Mercy et Goodness comme mentors pour Will et elles avaient fait un excellent travail... enfin, hormis cet incident. La situation était délicate et il devait faire preuve de sagesse.

Il était grand temps de s'occuper de la prière de Wendy Ferrara. Il appela les trois émissaires et leur apprenti. Shirley, Mercy et Goodness apparurent aussitôt, les ailes vibrant d'enthousiasme et d'excitation.

Prenant l'air sérieux, Gabriel leva les yeux de son bureau. Les trois anges étaient tout sourires.

— Vous avez demandé à nous voir ? dit Shirley, l'image même de la sérénité.

— Je sais pourquoi vous nous avez appelés, se vanta Goodness.

— Vraiment ? demanda Gabriel.

— Oui, vous êtes prêt à nous confier une mission sur Terre.

Mercy hocha la tête avec enthousiasme.

— Presque tous vos émissaires sont déjà en mission et il n'en reste plus beaucoup de disponibles, alors vous avez décidé de nous donner du travail.

Nos méthodes ne sont peut-être pas très orthodoxes, mais nous exauçons les prières.

Gabriel ne répondit pas et fit mine d'être absorbé par la lecture de son livre de prières.

— En fait, je voulais vous parler de…

— Pardonnez mon retard, mais j'étais en train de…

Will apparut soudain, mais il s'interrompit dès qu'il vit ses trois mentors en compagnie de Gabriel.

— Ravi que vous puissiez vous joindre à nous, dit Gabriel d'un ton sarcastique.

Il aimait bien ce jeune ange et pensait que Will ferait un excellent serviteur de Dieu, une fois qu'il aurait été correctement formé et serait un peu plus expérimenté.

— Merci, dit Will en se redressant de toute sa hauteur, dans un salut presque militaire, les ailes soigneusement repliées dans le dos.

Gabriel fit le tour de son bureau, les mains jointes.

— J'ai appris récemment que vous aviez effectué une visite surprise sur Terre sans mon autorisation, au mois de janvier dernier, dit-il.

— La veille du Nouvel An pour être exact, ajouta Shirley en levant le doigt. Mais je tiens à dire que j'étais contre cette idée dès le départ. Je ne voulais pas y participer et…

— Mais vous l'avez fait quand même, l'interrompit Gabriel.

— Eh bien, oui… Je me suis dit qu'il valait mieux que quelqu'un de raisonnable les accompagne. Je n'imagine pas dans quel embarras Goodness et Mercy auraient pu se fourrer si je n'avais pas été là pour les surveiller.

— Quoi ? s'écria Goodness d'un air outré.

Mais Gabriel leva une main pour la faire taire.

— Je veux connaître le nom du responsable de ce fiasco entre Lucie Ferrara et Aren Fairchild, dit-il fermement.

Shirley, Goodness et Mercy détournèrent toutes les trois la tête d'un air gêné, les lèvres pincées.

— C'est ma faute, murmura Will.

Lui aussi semblait avoir du mal à regarder Gabriel dans les yeux.

— Expliquez-moi exactement ce qui s'est passé, dit Gabriel de sa voix la plus sévère.

Will fit un pas en avant et regarda droit devant lui.

— Je tiens d'abord à dire que mes mentors m'avaient prévenu de ne pas me mêler des affaires des humains, mais je…

— Mais vous l'avez fait quand même ?

Will hocha lentement la tête, trahissant sa réticence à avouer sa bêtise.

— Mercy m'a expliqué que seules les personnes spirituelles pouvaient nous voir.

— Quelqu'un a-t-il remarqué votre présence ?

— Non.

— En êtes-vous certain ? insista Gabriel.

— Pas complètement, mais si j'ai été repéré, personne n'a rien dit.

Gabriel contourna son bureau.

— Dites-moi tout, dit-il en regardant Mercy qui alla se placer aux côtés de Will.

— J'endosse l'entière responsabilité pour ce qui s'est passé. J'ai perdu Shirley de vue et, tandis que je la cherchais, Will a disparu.

— En d'autres termes, ce problème est la conséquence directe de votre désobéissance, déclara Gabriel en lui lançant un regard noir.

Au fond, il était heureux de voir que Mercy était disposée à admettre son erreur et à en prendre la responsabilité, même s'il se doutait bien que les trois anges avaient participé à cette débâcle.

— J'aime à penser que notre court séjour sur Terre était une sorte d'exercice improvisé, répondit-elle, visiblement gênée.

— Et vous, jeune homme ? Qu'avez-vous retenu de cet « exercice » ? demanda Gabriel, en se tournant vers Will.

— Euh…

Will semblait être devenu muet et chercha du regard le soutien de ses mentors. Ce fut au tour de Shirley de lui venir en aide.

— Eh bien, pour commencer, j'ai appris à ne pas me laisser distraire par des bambins grognons.

— Et puis Goodness s'est laissée séduire par ces grosses caméras de télévision et j'ai dû intervenir avant qu'elle n'apparaisse sur l'écran géant…

— C'est à ce moment-là que les douze coups de minuit ont sonné et que tous les humains se sont mis à chanter et à s'embrasser, conclut Will.

— Et ?

Gabriel voulait connaître l'histoire de A à Z.

— Et c'est là que je les ai fait se rencontrer, avoua le jeune ange en regardant ses pieds.

— Lucie et Aren ?

— Je ne connaissais pas leurs prénoms.

— Lucie et Aren, répéta Gabriel d'une voix forte.

— Ils se sont embrassés, s'exclama Will avec enthousiasme. Je les ai vus.

— Et vous êtes intervenu dans le dessein divin de les faire se rencontrer, marmonna Gabriel en secouant la tête, comme s'il était extrêmement déçu de leur conduite.

— Vous voulez dire que Dieu avait prévu cette rencontre depuis le début ? demanda Mercy d'un air émerveillé.

— Bien sûr, mais leur rencontre n'était pas censée avoir lieu avant plusieurs mois et maintenant, tout a été complètement chamboulé.

— Y a-t-il quoi que ce soit que je puisse faire pour essayer d'arranger les choses ? demanda Will. Je suis prêt à me porter volontaire pour retourner sur Terre et faire tout ce qui sera nécessaire pour me racheter.

Cette proposition n'étonna pas Gabriel. Il était clair qu'en une seule visite, Will faisait preuve du même enthousiasme que ses trois mentors pour la Terre et ses humains.

— Enfin, ajouta Will d'un air contrit, si vous acceptez de me faire à nouveau confiance.

À sa décharge, le jeune apprenti semblait sincèrement plein de remords et disposé à se repentir. Gabriel réfléchit à la question en se frottant le menton, tentant de trouver une solution simple à ce problème délicat.

— Je suppose qu'avec quelques efforts, vous pourriez peut-être trouver le moyen de remettre de l'ordre à la situation…

— Cela veut-il dire que Will doit retourner sur Terre ? s'écria Mercy, incapable de contenir son excitation.

— Et naturellement, étant les mentors de Will, nous devrons nécessairement l'accompagner, ajouta Shirley comme s'il était entendu que Will était bien incapable de gérer cette situation sans leur aide.

— Eh bien…

— J'accepte de me sacrifier pour accompagner Will si les autres ne veulent pas venir, lança Mercy.

Gabriel observa, en tentant de dissimuler son amusement, les deux amies de Mercy lui lancer des regards furieux. Quelques plumes s'échappèrent même de leurs ailes et tombèrent au sol, un signe clair qu'elles n'appréciaient pas la volonté de leur collègue et amie de partir sans elles.

— Étant donné que vous avez toutes participé à ce fiasco, ce n'est que justice de vous demander à toutes les trois d'accompagner Will pour régler ce problème au plus vite.

— Alors nous n'attendrons pas une minute de plus, s'écria Shirley.

— Un instant, les retint Gabriel. Il y a eu plusieurs changements d'importance.

— Ah oui ?

— Afin que vous saisissiez pleinement la complexité de la situation, vous devez d'abord savoir ce qui s'est passé dans la vie de Aren et de Lucie depuis ces longs mois.

Il leva les bras, ce qui souleva le voile qui séparait la Terre du Ciel. Les trois émissaires et leur apprenti se penchèrent en avant pour observer avec intérêt le brouillard qui se dissipait peu à peu.

— Qu'est-ce que c'est ? demanda Will.

— C'est *De Divins Délices*, répondit Gabriel. Lucie et sa mère Wendy ont ouvert leur restaurant en avril dernier. Il marche extrêmement bien. Lucie crée de délicieux desserts dont tout Brooklyn parle. Et tout ça, sans publicité. Leur succès est dû uniquement au bouche-à-oreille.

— C'est formidable !

— Lucie travaille énormément. Sa mère s'occupe de l'accueil. Wendy est très chaleureuse et, grâce à elle, les clients ont l'impression d'être reçus dans un foyer et non dans un restaurant.

— *De Divins Délices*, répéta Goodness. C'est un nom parfait pour un restaurant.

— Tout le monde pense que ce nom fait référence aux desserts de Lucie, expliqua Gabriel.

— Vous voulez dire que ce n'est pas le cas ?

— Non, répondit-il, ménageant le suspense.

Il se réjouissait que l'idée de ce nom soit venue de quelqu'un qu'ils connaissaient tous très bien.

— En fait, ajouta-t-il, c'est un autre ange, une très bonne amie à moi, qui lui a soufflé ce nom.

— Quelle amie ?

— Je me rends bien compte que cela doit vous surprendre, mais il se trouve que j'ai des amis.

— Mais bien sûr…

— Naturellement.

— C'était Emily Miracle, dit Gabriel en souriant. Grâce à son aide, on a proposé à Lucie de travailler comme traiteur pour une réception privée juste avant Noël, il y a deux ans. C'est cet événement qui a permis à Lucie de se faire connaître et de monter son propre restaurant.

— Et maintenant, son rêve est devenu réalité.

— Qu'est-ce que c'est, là, dans le coin ? demanda Will en montrant du doigt le frigidaire transparent à côté du bureau de l'hôtesse.

— Ça, répondit Gabriel, c'est l'endroit où Lucie expose ses merveilleux desserts. Ils sont devenus si populaires qu'il est difficile d'obtenir une réservation pour le dîner. Wendy a eu l'idée de vendre les desserts à emporter et ça marche du feu… de Dieu !

— Et quand Aren et Lucie devaient-ils se rencontrer, en principe ? demanda Will.

— Dans quelques jours.

— Comment ?

— Eh bien, ils n'étaient pas censés se rentrer dedans le soir du Nouvel An, si c'est ce que vous vous demandiez.

Will avait l'air sincèrement contrit.

— Je ferai de mon mieux pour arranger les choses, dit-il.

— Et je vais vous en donner la possibilité.

— Merci, Gabriel.

— Oui, merci, s'écrièrent Shirley, Goodness et Mercy en chœur.

Gabriel poussa un long soupir. Il espérait que les anges ne lui feraient pas regretter sa décision.

— Aren Fairchild travaille pour le *New York Gazette.* Il est critique gastronomique et écrit sous le pseudonyme d'Eaton Well, nom qui appartient au journal.

— Eaton Well[1], répéta Mercy. C'est bien trouvé.

---

1. Jeu de mots intraduisible entre *eat well* (bien manger), et le prénom Eaton. Nous conservons ce nom dans le texte français (NdT).

— Il a signé un accord de confidentialité et ne doit en aucun cas révéler son identité. Le rédacteur en chef « Culture et Loisirs » lui demande de dénicher les nouveaux restaurants dont toute la ville parle.

— Puis il réserve une table, dîne et écrit une critique sans que personne sache qui est leur client secret, termina Mercy qui réfléchissait tout haut.

— Exactement.

— Ils devaient se rencontrer au restaurant, dit Will, la mine déconfite. Aren devait tomber amoureux de la femme qui faisait ces délicieux desserts.

— Les choses ne se passent pas toujours comme prévu, répondit Gabriel pour le consoler.

Il savait que le jeune apprenti avait bon cœur.

— Que se passe-t-il en bas ? demanda soudain Mercy en observant la cuisine.

— Découvrons-le tout de suite, dit Gabriel.

Il fit un grand geste de la main et la conversation entre Lucie et sa mère devint soudain audible.

***

— Lucie, dit Wendy en entrant dans le garde-manger.

Lucie était assise sur une palette d'aliments livrés récemment, avec un exemplaire du *New York Gazette* ouvert devant elle. Dès qu'elle entendit la voix de sa mère, elle tenta de dissimuler le journal, sans y parvenir.

En la voyant, sa mère s'immobilisa et l'observa d'un air compatissant.

— Oh, Lucie, tu cherches encore le nom de Aren ?

Lucie ne voyait pas de raison de lui mentir.

— Il n'y est pas. Il n'a peut-être pas été embauché, finalement.

— Je me sens tellement coupable. C'est ma faute si tu ne l'as pas revu ce jour-là. Je ne peux pas voir l'Empire State Building sans penser à votre rendez-vous raté, dit Wendy tristement.

— Maman, arrête. Cela ne devait pas se faire, voilà tout.

Elle s'était déjà répété ça des centaines de fois et essayait d'y croire, mais ce n'était pas facile. Le destin lui paraissait bien cruel et injuste.

— Je sais que tu penses souvent à lui.

Lucie ne la contredit pas. Aren n'avait jamais quitté ses pensées. Elle se demandait souvent combien de temps il l'avait attendue ce jour-là, combien de temps il était resté dans le froid en espérant qu'elle était seulement en retard, qu'elle aurait une explication logique en arrivant. Regrettait-il qu'ils n'aient pas échangé leurs numéros de téléphone ? De son côté, elle le regrettait amèrement.

— Si ça doit se faire, alors nous nous reverrons.

Elle se souvint de la prière de sa mère et y ajouta la sienne.

— J'étais venue pour t'annoncer que toutes les tables sont réservées pour ce soir, encore une fois, et nous avons déjà des réservations pour le Nouvel An, annonça Wendy fièrement.

— C'est génial !

— J'aimerais bien que tu ne travailles pas le soir du Nouvel An.

— Maman, tu sais bien que je ne peux pas faire autrement. Ça risque d'être la soirée la plus chargée de l'année pour nous.

— Ne t'inquiète pas. Nous embaucherons des serveurs supplémentaires.

— Maman, je ne peux pas. Je sais pourquoi tu dis ça. Tu veux que je retourne à Times Square dans l'espoir de revoir Aren. Je ne peux pas… Je ne veux pas. Même s'il y allait aussi, il n'y a aucune chance que je le retrouve dans cette foule. C'est impossible.

— Oh, Lucie, je ne m'étais jamais rendu compte à quel point tu pouvais être bornée.

Lucie éclata de rire.

— Et de qui penses-tu que j'ai hérité ce trait de caractère ? demanda-t-elle en riant.

— De ton père, s'exclama sa mère d'un air amusé.

***

— Je suis heureuse de voir que le restaurant marche si bien, dit Shirley.

— Pauvre Lucie, murmura Will en poussant un long soupir. Elle n'a jamais oublié Aren.

— De quel rendez-vous parlaient-elles ? demanda Goodness qui semblait comprendre que quelque chose d'important lui avait échappé.

Gabriel expliqua alors aux anges le rendez-vous manqué de Lucie et de Aren au sommet de l'Empire State Building.

— Lucie n'y est pas allée ? demanda Mercy d'un air anxieux.

— Non, et Aren a attendu jusqu'à la fermeture. Il y est même retourné le lendemain.

— Oh, non. Pauvre Aren.

— Pense-t-il toujours à Lucie, lui aussi ?

— Tout le temps, répondit Gabriel en hochant la tête.

— Attendez une minute, dit Mercy d'un air pensif en se mettant à faire les cent pas dans le bureau de Gabriel.

— Quoi ? demanda Shirley.

— Qu'attendons-nous ? s'exclama Goodness. Nous avons du pain sur la planche.

Mercy était perdue dans ses pensées et Gabriel voyait que toutes les pièces du puzzle étaient en train de se mettre en place dans son esprit.

— Je comprends... je comprends... Aren est critique gastronomique. Son nom n'apparaît pas dans le journal parce qu'il doit garder son identité secrète.

— Exactement, dit Gabriel.

— Et on lui a demandé de faire une critique du restaurant de Lucie, c'est ça ?

— Tout à fait.

— Et c'est comme ça qu'ils devaient se rencontrer pour la première fois ?

Gabriel ne répondit pas. Il voulait que les anges arrivent seuls à la conclusion.

— Il ne pouvait pas donner son pseudonyme à Lucie à cause de son contrat de confidentialité avec le journal, dit Shirley.

— Mais il serait tombé amoureux des desserts de Lucie avant même de l'avoir rencontrée, s'écria Mercy avec ce qui semblait être une parfaite logique.

— Maintenant, c'est à nous de faire en sorte que Aren et Lucie se retrouvent, conclut Will avec un grand sourire. Nous nous en chargeons, Gabriel. Vous n'avez aucun souci à vous faire.

— Êtes-vous certains d'en être capables ?

— Absolument certains.

— Alors, je vous fais confiance, mes amis. Et cette fois, ne vous laissez pas distraire.

— Vous pouvez compter sur nous, promit Mercy.

Avant que Gabriel ait eu le temps d'ajouter quelque chose, les quatre anges avaient déjà disparu. Gabriel ne put s'empêcher de sourire et secoua la tête. Il n'avait d'autre choix maintenant que de se fier à eux et de les laisser faire leur travail.

Que Dieu leur vienne en aide !

5

— Regardez, Aren est déjà dans le restaurant, murmura Will.

Shirley, Goodness et Mercy le rejoignirent et les quatre anges observèrent la scène du haut des plafonniers du restaurant, *De Divins Délices.*

— Est-ce la mère de Lucie ? demanda Goodness en montrant la femme d'âge mûr qui accueillait Aren.

— Oui, c'est elle.

— Et qui est cette femme avec Aren ?

Will secoua la tête.

— Aucune idée. Elle n'était pas avec lui le soir de la Saint-Sylvestre. D'ailleurs, je ne l'ai jamais vue. Et vous ?

Personne ne semblait la connaître. Mercy poussa un soupir ; elle commençait à s'inquiéter. Aren avait peut-être rencontré quelqu'un d'autre, quelqu'un qui avait réussi à lui faire oublier Lucie ? Ces deux-là avaient l'air de bien se connaître et parlaient en riant d'un air complice. Oh, non ! Voilà qui poserait un gros problème.

Will, très inquiet lui aussi, se tordait les mains.

— Vous pensez qu'il est trop tard ? Vous croyez que Aren a rencontré quelqu'un d'autre ?

— C'est peut-être une de ses collègues ?

— Ou une simple amie ? suggéra Shirley.

— Chut… Écoutons leur conversation. Nous découvrirons peut-être les réponses à nos questions.

Mercy, quant à elle, trouvait que les autres anges tiraient des conclusions hâtives. C'était son rôle de garder l'esprit pratique et rationnel.

***

— Dans un restaurant, les premières impressions sont très importantes, dit Aren en dépliant sa serviette et en regardant sa sœur d'un air interrogateur. Qu'en penses-tu ?

Josie prit le temps d'observer le restaurant, tournant la tête d'un côté et de l'autre, nul doute pour pouvoir juger de l'ambiance.

— La décoration est simple et subtile, elle me plaît beaucoup.

— À moi aussi, répondit Aren.

Pour lui, la nourriture était importante, bien sûr, mais l'atmosphère et la décoration l'étaient également. Un bon dîner ne dépendait pas que de la qualité de la nourriture.

— Et que penses-tu de l'hôtesse qui nous a accueillis ? demanda-t-il ensuite.

Sa sœur l'accompagnait souvent dîner dans les restaurants dont il devait faire la critique. Il appréciait son opinion et elle était en général de bon conseil. Ce soir-là, il avait tenu tout particulièrement à ce qu'elle vienne avec lui. Cela faisait près d'un an qu'il travaillait pour le *New York Gazette*, il avait testé tous les types de restaurants, des plus chers aux plus abordables, des plus célèbres aux plus inconnus. *De Divins Délices* s'était rapidement fait une excellente réputation et était devenu en quelques mois l'un des restaurants les plus courus de Brooklyn et même de Manhattan. Pour Aren, cette critique était donc très importante, pour ses lecteurs comme pour le restaurant.

— Elle me rappelle un peu Tante Lucille, répondit Josie en souriant. Elle est chaleureuse et sympathique. Pourquoi fais-tu cette tête-là ? Tu fais une drôle de tête chaque fois que je parle d'elle ces derniers temps.

— C'est faux.

— C'est vrai ! Je suis ta sœur et je sais si tu fais une drôle de tête ou pas. Tu penses à cette fille que tu as rencontrée le soir du Nouvel An, pas vrai ? Elle s'appelait Lucie.

— Non, nia-t-il avec véhémence. Et je t'ai demandé de ne plus me parler d'elle.

Josie hocha la tête. Elle ne semblait pas disposée à épiloguer sur le sujet, tant mieux. S'ils devaient se disputer, Aren préférait qu'ils le fassent au sujet de la relation – ou plutôt de la non-relation – de Josie et Jack. Sa sœur tentait de lui cacher qu'elle avait le cœur brisé mais Aren voyait clair dans son jeu. Elle était malheureuse mais bien trop fière pour l'admettre. Aren ne comprenait pas comment deux personnes qui s'aimaient suffisamment pour se fiancer et prévoir de se marier pouvaient se séparer du jour au lendemain. Avec la date du mariage qui approchait, ils semblaient tous deux avoir eu peur de faire le grand saut. Ils s'étaient disputés au point de rompre et étaient tous deux bien trop têtus pour faire le premier pas.

— Tu veux te chamailler avec moi ou regarder le menu ? demanda Josie en étudiant la carte avec attention. Qu'est-ce qui te ferait envie ?

— Je crois que je vais choisir du poisson.

Aren prit le temps de détailler le menu et s'attarda sur la partie poissons et crustacés, impressionnante et diversifiée. La sole meunière servie avec une sauce au beurre blanc attira son attention.

— La sauce au beurre blanc n'est pas facile à réussir, c'est généralement un bon test pour juger de la qualité d'un chef, ajouta-t-il. Et le poisson aussi, qui a souvent tendance à être trop cuit.

***

— Vous avez entendu ? s'exclama Will triomphalement. La femme qui dîne avec Aren est sa sœur.

— Et il pense toujours à Lucie !

Mercy voyait déjà que les choses allaient se passer encore mieux qu'ils ne le pensaient. Elle observait le frère et la sœur rire et plaisanter, ils s'entendaient visiblement très bien. Au bout de quelques minutes, elle tourna la tête et se rendit compte que Will n'était plus là.

— Où est Will ?

— Me voilà, dit-il en apparaissant soudain à ses côtés.

Mercy se sentit obligée de lui réexpliquer qu'il était primordial qu'ils restent bien tous ensemble et lorsqu'elle eut terminé, elle découvrit que Shirley, elle aussi, avait disparu.

***

— La serveuse est gentille et prévenante, dit Aren à sa sœur.

De Divins Délices semblait tenir toutes ses promesses. Si la nourriture était aussi bonne qu'on le lui avait dit, sa critique serait extrêmement favorable. Pour l'instant, ce restaurant était très agréable, le service impeccable, mais ce qui importait le plus, comme pour tout restaurant, c'était la qualité des plats.

Le journal avait reçu de nombreuses lettres de lecteurs au sujet de ce nouveau restaurant, et le nombre de recommandations avait été suffisamment impressionnant pour que le rédacteur en chef en fasse une priorité. Mais Aren avait appris à se méfier de ce genre de choses. Son expérience lui avait enseigné que la plupart des restaurants autour desquels se créaient des phénomènes de mode étaient décevants. C'était son travail à lui de remarquer les petits détails qui échappaient à la plupart des clients. Il se comparait à quelqu'un ayant l'oreille absolue. En entendant un chanteur, n'importe qui pourrait se dire qu'il était excellent, mais une personne dotée d'une ouïe fine reconnaîtrait immédiatement une fausse note, même infime. Or, Aren considérait qu'il avait l'oreille absolue concernant les restaurants et la bonne cuisine.

Jusque-là, tout lui paraissait extrêmement satisfaisant. Le restaurant était propre, le personnel efficace sans être trop zélé, les serveurs et serveuses annonçaient les plats du jour sans avoir à regarder leurs notes. On prit immédiatement leur commande de vin et leurs verres d'eau furent remplis. Quelques minutes après que le vin eut été servi, du pain frais, encore chaud car il sortait du four, fut apporté à leur table. La serveuse vint prendre leur commande dès qu'ils eurent refermé leurs menus. Ce restaurant était décidément très prometteur.

Aren et sa sœur commencèrent à déguster leur vin et leurs plats arrivèrent juste au bon moment. La sole qu'il avait choisie était élégamment présentée sur l'assiette avec quelques cuillerées de purée de pommes de terre rôties au four et joliment présentée en petits tourbillons. En accompagnement, il avait également des asperges rôties assaisonnées de zestes de citron.

— Oh, ça a l'air délicieux, s'exclama sa sœur avec envie.

— Ton assiette aussi.

Josie avait commandé du poulet au parmesan. Le poulet avait été grillé et parfaitement doré puis couvert de différents fromages italiens. Il était accompagné de spaghettis avec une belle sauce tomate, de la salade et du pain à l'ail. Le parfum du pain chaud et de l'ail le faisait déjà saliver. C'était très facile de mettre trop d'ail, mais ça ne semblait pas être le cas.

— Mes compliments au chef, déclara Josie en prenant sa fourchette.

— Tu n'as même pas encore goûté ton plat, répondit Aren avec un sourire amusé.

— Non, mais il sent tellement bon que je suis certaine qu'il sera délicieux.

Aren ne put s'empêcher de sourire. Il prit sa fourchette. La sole semblait cuite à la perfection. Il sentit l'eau lui monter à la bouche en pensant à la première bouchée. Il ferma les yeux, prêt à savourer l'un des plats les plus délicieux qu'il ait jamais goûtés de toute sa vie.

Hélas, délice n'était pas le mot qui lui serait venu à l'esprit pour décrire sa sole. Il eut même toutes les peines du monde pour se retenir de recracher sa première bouchée. En un mot comme en cent, sa sole était absolument immangeable ! La sauce au beurre blanc était tellement salée qu'elle gâchait tout le plat. Apparemment, le chef avait compris son erreur et tenté de la réparer en ajoutant du citron mais le goût était, de ce fait, non seulement trop salé mais beaucoup trop acide. Pour couronner le tout, Aren avait senti très distinctement le goût particulièrement fort du piment de Cayenne. La seule chose mangeable dans son assiette, c'étaient les asperges, cuites à la perfection. Malheureusement, tout le reste était bon à jeter à la poubelle.

Ce dîner était extrêmement décevant. Chose étrange, sa sœur, elle, avait l'air de se régaler.

— Est-ce que quelque chose n'allait pas, monsieur ? demanda la serveuse en débarrassant l'assiette vide de Josie.

Incapable d'avaler une deuxième bouchée de son poisson, Aren n'avait quasiment pas touché à son plat. Il avait testé la purée mais elle contenait beaucoup trop de beurre, si bien que l'on ne sentait quasiment plus le goût de la pomme de terre.

— Non, tout va très bien, merci, répondit-il avec un sourire forcé.

En d'autres circonstances, il aurait renvoyé son assiette en cuisine et refusé de payer l'addition mais, en tant que critique, il ne voulait pas attirer l'attention.

— Souhaitez-vous prendre un dessert ? demanda la serveuse. Je vous conseille notre mousse au caramel au beurre salé.

— Une mousse salée ? répéta Aren.

Ce chef devait avoir une histoire d'amour avec sa salière. Mais Aren en avait assez. Aucun dessert ne pourrait remonter ce restaurant dans son estime. Il avait déjà bu un verre de vin et deux verres d'eau pour essayer de faire passer le goût de sel.

— Je veux bien, s'exclama Josie avec beaucoup trop d'enthousiasme.

— Je goûterai son dessert, dit Aren.

Sa sœur commanda donc la mousse au caramel et Aren dut reconnaître qu'elle n'était pas mauvaise. Il en avait goûté d'autres comparables dans sa vie, mais ce chef avait vraiment la main trop lourde sur le sel. Cela pouvait même être dangereux pour la santé des clients ayant des problèmes cardiaques ou ceux qui devaient suivre un régime sans sel. Il aurait été important qu'il y ait un avertissement sur la carte, ce qu'il comptait bien mentionner dans sa critique.

***

— Aren n'a pas aimé son plat, grommela Will, déçu.

— Tu n'en sais rien.

Goodness était trop optimiste. Même Mercy voyait bien que Aren n'avait mangé qu'une seule bouchée de son poisson. Il avait fait la grimace comme s'il avait mordu dans un citron et n'avait presque plus rien avalé.

— Sa sœur, elle, a mangé tout son dîner.

Un doute était en train de naître dans l'esprit de Mercy. Chacun de ses collègues avait disparu quelques instants. Mais… non, c'était impossible… ils n'auraient pas fait ça…

— Cela ne devait pas se passer ainsi, dit Will, se prenant la tête entre les mains de frustration et de désespoir.

— Will, tu as disparu pendant une minute juste après que Aren a commandé sa sole.

— Euh, oui…

— Et où es-tu allé ?

— Euh…

— Tu es allé en cuisine, n'est-ce pas ?

— Euh…

Il n'avait pas besoin d'en dire plus, il était clair que c'était exactement ce qu'il avait fait.

— Et tu n'aurais pas ajouté un peu de sel à la sauce au beurre blanc, par hasard ?

Will haussa les épaules en signe de dénégation mais il finit par avouer.

— Peut-être un petit peu, mais juste quelques pincées. Je voulais seulement relever les saveurs du plat.

— Tu as ajouté du sel ? s'écria Shirley. Mais comment as-tu pu faire cela ?

— J'essayais juste de donner un coup de main, marmonna Will.

— J'ai bien peur que Will n'ait pas été le seul, admit Goodness. J'ai ajouté du citron.

Mercy se tourna vers Shirley et lui lança un regard interrogateur.

— Quand j'ai vu cette épice rouge, je me suis dit que cela égaierait un peu le plat, avoua l'ancien ange gardien. Et, tant que j'y étais, j'ai peut-être ajouté quelques petites pincées d'autres épices par-ci par-là.

— Oh non ! dit Mercy en secouant la tête.

C'était encore pire qu'elle ne l'avait imaginé.

— Et toi ? demanda Will.

Mercy poussa un long soupir et dut bien avouer à son tour la vérité : elle aussi avait participé à cette débâcle.

— Coupable.

— Oh non ! Nous avons tous ajouté des épices à cette merveilleuse sauce ! s'exclama Will en se tordant les mains. Nous avons tout gâché. Aren n'aura pas le choix, il écrira une critique au vitriol. Tout le monde la lira dans le journal et sur Internet…

— Lucie et sa mère seront ruinées, s'écria Goodness. Leur restaurant devra mettre la clé sous la porte, Wendy perdra toutes ses économies. Elles ne pourront plus payer leurs factures et se retrouveront à la rue et tout ça, par ma faute.

— Et la mienne, ajouta Shirley.

— Nous avons gâché leur vie, dit Goodness, les larmes aux yeux.

Mercy agita les bras pour faire taire ses amis.

— Nous avons bien d'autres raisons de nous inquiéter, annonça-t-elle.

— Que peut-il y avoir de pire ? demanda Will, incrédule.

— Oh, bien, bien pire, dit Mercy en secouant la tête d'un air triste.

Goodness plaqua sa main sur sa bouche d'un air horrifié.

— Mais qu'est-ce que cela peut bien être ?

— Gabriel saura ce que nous avons fait.

Les trois autres anges poussèrent un cri d'effroi.

— Nous avons vraiment tout gâché.

— C'en est fini de nous ! s'exclama Shirley.

— Ai-je entendu l'un de vous prononcer mon nom ?

Tout d'un coup, Gabriel apparut devant eux. Il n'avait jamais été si impressionnant, si distant. Ses bras puissants étaient croisés sur sa poitrine et il les observait, les sourcils froncés.

Will se rapprocha de Mercy tandis que Shirley et Goodness se collaient à elle. Les quatre anges tentaient de se faire tout petits.

— Que s'est-il passé ? demanda Gabriel.

Personne ne répondit.

— Je vous ai posé une question, ajouta-t-il d'une voix forte et autoritaire qui résonna dans le restaurant.

C'était incroyable, d'ailleurs, qu'aucun humain ne l'ait entendu.

— Nous avons essayé d'aider Lucie à impressionner Aren, dit Mercy d'une toute petite voix.

— En ajoutant du sel, du citron et du piment de Cayenne à la sauce et du beurre à la purée de pommes de terre ?

Il savait donc déjà tout.

— J'en ai bien peur.

— Que pouvons-nous faire pour arranger les choses ? demanda Will.

— Il est trop tard. Aren va écrire sa critique et elle sera très négative, dit Gabriel sur le ton du constat.

— Le restaurant y survivra-t-il ?

— Il n'est pas exclu que cette critique détruise le restaurant. Le *New York Gazette* a ce pouvoir, vous savez.

— Oh non, s'écria Goodness.

Elle avait le cœur si pur, Mercy savait que son amie ne se le pardonnerait jamais si Lucie et sa mère perdaient leur restaurant à cause de ce qu'ils avaient fait.

— Nous essayions simplement d'aider Lucie, dit Shirley. S'il vous plaît, donnez-nous la chance de revenir en arrière et de changer les choses.

— C'est impossible, vous le savez tout aussi bien que moi, dit Gabriel d'un air triste.

— Mais au Ciel…

— Nous sommes sur Terre, il n'existe pas de bouton pour tout effacer, pour remonter le temps et tout recommencer. C'est comme ça.

— Que va-t-il se passer ? demanda Mercy désespérée.

Gabriel avait le don de voir l'avenir. Malheureusement, c'était un don que lui seul possédait.

— Je crois qu'il est préférable d'attendre et de vous laisser découvrir la suite, répondit Gabriel en secouant la tête. Ce soir, vous avez tous brisé les règles qui gouvernent la mission des émissaires du Ciel.

— Nous sommes intervenus pour aider...

— ... Mais notre rôle est de guider...

— Et nous n'avons pas le droit de nous mêler des affaires des humains.

— Vous allez bientôt découvrir les conséquences de votre intervention.

— Mais nos intentions étaient louables.

— Vos intentions, répéta Gabriel. Les intentions, jeune homme, sont ce qui pave le chemin de l'enfer.

— Mais...

— Vous allez apprendre une leçon douloureuse.

Mercy appréhendait ce qui allait sûrement arriver.

— Nous sommes bannis de la Terre, n'est-ce pas ?

Ils n'auraient plus jamais le droit de rendre visite aux humains. Ils perdraient peut-être même leur statut d'émissaires exauceurs de prières et perdraient leurs ailes. Cette pensée seule était insupportable.

— Avez-vous retenu la leçon ? demanda Gabriel en les observant tous les quatre.

Ils hochèrent furieusement la tête.

— Promettez-vous de ne plus jamais vous mêler des affaires des humains ?

— Je le promets, dit Will avec ferveur. Je n'ajouterai plus jamais de sel à un plat tant que je servirai le Ciel.

— Shirley, Goodness et Mercy, vous avez davantage d'expérience que Will. Vous n'auriez jamais dû commettre une telle erreur, déclara Gabriel d'un air sévère.

Elles baissèrent la tête.

— Qu'arrivera-t-il à Aren et Lucie ? demanda Mercy.

Elle n'avait pas pu s'en empêcher, elle devait savoir comment les aider au mieux, comment les guider… Elle et ses collègues étaient responsables, ils étaient intervenus et avaient changé les desseins de Dieu. Le moins qu'ils pouvaient faire était d'essayer de tout arranger.

— Ah oui, répondit Gabriel, soudain perdu dans ses pensées. Aren et Lucie… Eh bien, mes amis, nous n'avons plus qu'à attendre pour voir ce qui va se passer.

6

Scandalisée par la critique sur *De Divins Délices* parue dans le *New York Gazette*, Lucie roula le journal en boule, le jeta par terre et le piétina avec rage. Elle l'avait lue plusieurs fois à la recherche d'au moins un élément positif ou de quelque chose qui puisse être constructif, mais ce n'était pas la peine. Il n'y avait pas un mot encourageant dans l'article. Cet Eaton Well avait tout simplement démoli son restaurant. La critique était blessante, sarcastique et ce n'était que le premier paragraphe. Le reste de l'article était pire encore. Cette critique était désastreuse et pourrait potentiellement provoquer leur ruine.

— Ma chérie, es-tu encore en train de la lire ? demanda sa mère.

Lucie donna un coup de pied dans la boule de papier informe qu'était devenu le journal et l'écrasa rageusement, comme si elle éteignait un mégot de cigarette. Voilà ce qu'elle avait envie de faire à ce critique gastronomique, l'écraser sous son pied comme le cafard qu'il était. Cet homme était un parasite, un insecte qui devait être exterminé. Eaton Well s'était montré parfaitement injuste, s'était moqué de sa cuisine, avait dénigré son talent et avait même eu l'audace de lui suggérer d'abandonner la cuisine.

— Lucie, ma chérie, laisse tomber, dit Wendy en posant une main rassurante sur son épaule. Ne laisse pas cet article ridicule te bouleverser à ce point.

Comment sa mère s'y prenait-elle pour rester aussi calme et détendue ? Cela ne faisait qu'augmenter la colère de Lucie. Comment pouvait-elle demeurer aussi optimiste ? Ne comprenait-elle pas que cet article pouvait signer l'arrêt de mort du restaurant ?

Lucie dévisagea sa mère d'un air incrédule. Wendy avait toujours été l'optimiste de la famille, celle qui voyait le bon côté des choses, même dans les pires situations. Lorsqu'elle avait lu la critique pour la première fois, elle avait même dit d'un ton compatissant que le critique devait avoir passé une journée épouvantable pour être de si mauvaise humeur. Ce pauvre journaliste était probablement stressé par des délais impossibles et n'avait pas pris le temps d'apprécier son repas.

— Enfin maman, es-tu consciente qu'une critique comme celle-ci pourrait provoquer notre ruine ?

Cette phrase, Lucie l'avait déjà répétée une bonne dizaine de fois à sa mère mais apparemment, elle n'avait aucun effet sur elle.

— Peut-être, concéda Wendy en se servant une tasse de thé fumante. Mais je ne pense pas que nous ayons le moindre souci à nous faire. Nous n'avons pas remarqué de baisse, ni dans la fréquentation ni dans le nombre de réservations.

— C'est normal ! s'exclama Lucie, incapable de dissimuler son agacement. La critique date d'il y a moins de vingt-quatre heures. Maman, ne comprends-tu donc pas ? Les lecteurs accordent beaucoup d'importance à ces critiques. Même si nous arrivons à surmonter tout ça, il nous faudra des mois, peut-être même des années, pour nous en remettre.

Lucie ne voulait pas être si négative mais l'une d'elles devait être réaliste. Faire l'objet d'un article dans le *New York Gazette* était en soi une réussite car des centaines de restaurants ouvraient chaque année à New York. Si Eaton Well était venu dîner dans leur restaurant, cela voulait dire que celui-ci faisait déjà parler de lui. Suffisamment, en tout cas, pour attirer l'attention du journal.

Mais le résultat était terrible, et Lucie n'y comprenait rien. Comment ce critique avait-il pu affirmer que sa sauce était mauvaise ? Elle avait longuement travaillé sa recette et savait qu'elle n'avait pas à en rougir.

— Lucie, tu te fais trop de souci, reprit Wendy avec le même aplomb. Nous avons déjà une clientèle fidèle.

— Ne comprends-tu pas ? N'as-tu pas lu l'article ?

Lucie n'avait pas besoin de rouvrir le journal, après avoir lu la critique un certain nombre de fois, elle avait gardé en mémoire des passages entiers.

— « *De Divins Délices* porte très mal son nom, c'est même tout le contraire… Que les clients à la tension élevée s'abstiennent, le chef a la main lourde sur le sel et le citron. La sauce au beurre blanc est tellement salée que le chef a dû y verser tout le contenu de la mer Morte… Il ferait mieux de retourner à l'école de cuisine ou de raccrocher son tablier pour de bon. »

Lucie connaissait aussi la suite mais elle avait peur d'éclater en sanglots si elle continuait.

— C'est vrai que ce commentaire n'avait rien de gentil, concéda Wendy.

— Il essaie de se faire passer pour quelqu'un de spirituel en se moquant de moi.

Lucie fulminait chaque fois qu'elle repensait à ces remarques blessantes.

— Je ne pense pas que tu doives le prendre personnellement, Lucie.

— Ne pas le prendre personnellement ! Mais comment peux-tu dire cela ? Toutes ces attaques sont personnelles, il met en cause ma crédibilité. Cela revient à dire que je suis incompétente… D'ailleurs, il le dit très clairement dans l'article…

Lucie se força à se calmer. Cet Eaton Well ne savait rien d'elle, il n'avait aucune idée des sacrifices qu'elle avait consentis pour pouvoir étudier à l'école de cuisine, de toutes les nuits et les week-ends où elle avait travaillé pour payer ses études. Cet homme était injuste et sans cœur.

Sa mère termina sa tasse de thé à petites gorgées avant de reposer doucement la tasse vide sur la soucoupe.

— Réponds à une question : depuis quand n'as-tu pas pris une soirée de congé ?

Lucie se laissa tomber sur une chaise.

— Es-tu en train de dire que je travaille tellement que je ne me rends même plus compte…

— Non, ce n'est pas du tout ce que je veux dire. Mais je pense que tu as besoin de prendre un peu de recul et qu'avec une certaine distance, tu pourras t'en remettre plus facilement. Une seule mauvaise critique ne va pas nous détruire.

À ce moment, le téléphone sonna et Wendy décrocha. Lucie écouta la conversation d'une oreille distraite. Il ne lui fallut pas longtemps pour comprendre que la personne à l'autre bout du fil était une amie de sa mère qui avait appelé pour leur exprimer sa sympathie.

— Oh non, je ne m'inquiète pas du tout, disait Wendy. Je connais ma fille. Il suffit d'avoir goûté sa cuisine pour savoir qu'elle est douée. Lucie est un excellent chef. Non, non, nous n'allons pas porter plainte contre le journal. Ce n'est l'opinion que d'une seule personne. La plupart des gens préfèrent juger de la qualité d'un restaurant par eux-mêmes. C'est dommage que ce critique n'ait pas passé un bon moment chez nous, mais nous ne pouvons pas plaire à tout le monde.

Wendy venait juste de raccrocher quand le téléphone sonna de nouveau.

— Oh, bonjour Juliana. Oui, bien sûr, nous l'avons vu. Non, je ne m'inquiète pas. Merci. Je le dirai à Lucie… Vraiment ?

Après quelques instants de silence, Wendy se redressa et fixa Lucie. Celle-ci ne put s'empêcher de remarquer la manière dont les yeux de sa mère brillaient.

— Oui, bien sûr, je le lui dirai. C'est merveilleux ! Merci beaucoup, Juliana. Tu m'as redonné le sourire, conclut Wendy d'un air ravi.

— Que t'a-t-elle dit ? demanda Lucie dont la curiosité était piquée au vif.

— Juliana est allée sur le site Internet du journal…

— … Et ?

— Eh bien, apparemment, il y a déjà plusieurs personnes qui ont laissé des commentaires pour exprimer leur mécontentement au sujet de la critique.

— C'est vrai ? Plusieurs personnes ? A-t-elle parlé d'un nombre précis ?

Wendy hocha la tête.

— Elle a dit que tu devrais aller voir par toi-même et que tu serais impressionnée. Elle a même dit qu'il y avait déjà trois cents personnes qui avaient laissé un commentaire pour dire qu'elles n'étaient pas d'accord avec la critique.

— Trois cents, répéta Lucie qui avait soudain envie de se mettre à danser.

— Et pas un seul message ne vient d'un membre de notre famille, ajouta Wendy fièrement.

Lucie alla immédiatement s'asseoir à son bureau, qu'elle avait installé dans un coin du salon. Sammy, qui avait senti que quelque chose n'allait pas, vint s'asseoir à ses pieds en posant la tête sur ses genoux, comme pour la consoler.

Lucie alluma l'ordinateur, lança son navigateur et alla sur la page d'accueil du journal. En effet, la critique de *De Divins Délices* était en tête de la section commentaires du site. Ébahie, elle lut l'un après l'autre les centaines de commentaires faisant l'éloge du restaurant. Lucie n'en croyait pas ses yeux. Plusieurs personnes parlaient des spécialités de Lucie et quasiment tout le monde chantait les louanges de ses desserts. Wendy avait raison. Leurs clients fidèles n'étaient pas restés sans rien dire. Ils avaient pris la défense du restaurant en nombre. Il était à peine midi et il y avait déjà plus de trois cents commentaires.

— Prends ça dans les dents, Eaton Well, murmura Lucie qui ne pouvait s'empêcher de sourire.

— Je te l'avais bien dit, ajouta Wendy d'un air amusé. Nous n'avons aucune raison de nous inquiéter.

Comme Lucie aurait aimé la croire !

***

Être appelé dans le bureau de la rédactrice en chef n'était certes pas rare, mais c'étaient les termes mêmes du message qui inquiétaient Aren. On lui avait demandé d'aller la voir *le plus tôt possible.* Cela n'augurait rien de bon.

Sandy Markus avait à son actif trente ans de carrière au journal. C'était une vraie pro et elle ne mâchait pas ses mots. Cette femme avait du cran et du culot à revendre, deux qualités nécessaires pour gravir les échelons de ce qui avait longtemps été considéré comme un monde d'hommes. Sandy n'avait pas seulement brisé les codes, elle avait contribué à en créer de nouveaux. Aren la respectait et l'appréciait, même s'il la trouvait parfois un peu intimidante.

Lorsqu'il apparut à la porte de son bureau, Sandy leva la tête et lui fit signe d'entrer.

— Fermez la porte, ordonna-t-elle.

Aren obéit à contrecœur. Si Sandy voulait que la porte soit fermée, c'était mauvais signe. La rédactrice en chef continuait de fixer son écran d'ordinateur et Aren attendit avec appréhension.

Sandy n'avait rien de la journaliste typique. Elle était grande et mince, avec des cheveux courts dressés sur sa tête. Elle devait avoir dans les soixante-cinq ans mais les années s'étaient montrées clémentes avec elle.

— Asseyez-vous, dit-elle.

— Y a-t-il un problème ? demanda Aren.

Son travail au journal s'était toujours bien passé. Bien sûr, il ne s'attendait pas à ce que Sandy complimente son style d'écriture, car elle lui avait fait savoir très clairement qu'elle ne voulait que la meilleure qualité, sinon il pourrait chercher du travail ailleurs.

— Que se passe-t-il ? demanda-t-il en s'asseyant face à elle.

— *De Divins Délices*, marmonna-t-elle en braquant ses yeux sur lui.

Elle retira ses lunettes et l'observa gravement.

— Vos remarques étaient cinglantes.

« Cinglantes » n'était pas forcément le mot qu'il aurait employé.

— J'ai été honnête.

De l'autre côté du bureau, Sandy lui lança un regard furieux.

— Apparemment, votre critique a causé un sacré remue-ménage.

— Ah oui ? s'exclama-t-il en éclatant de rire.

Il ne voyait vraiment pas pourquoi, hormis le fait que ce restaurant avait besoin d'un nouveau chef.

— J'imagine que vous n'êtes pas allé sur notre site Internet ou sur notre page Facebook ? Il y a des centaines de commentaires de contestation. Les lecteurs volent au secours du restaurant, de la cuisine et du chef. Ils défendent même la couleur de la peinture dans la salle du restaurant.

Aren fit la grimace. Ce commentaire était une réponse à l'une des phrases de sa critique sur l'effet relaxant de la décoration. Les propriétaires avaient choisi un ton chaud de gris avec des détails noirs. Aren était peut-être allé un peu trop loin lorsqu'il avait écrit que la décoration, bien que relaxante et chaleureuse, ne suffisait pas à distraire les clients de la mauvaise qualité de la cuisine. Cette remarque était déplacée, c'est vrai, il aurait pu se montrer plus judicieux.

— Tout le monde ne peut pas être d'accord avec moi, se sentit-il obligé de rappeler à sa rédactrice.

— Évidemment, et ces critiques ne sont pas un concours de popularité. Cependant, quand *trois cents* personnes prennent le temps d'écrire pour vous contredire, il est normal que j'en tienne compte.

— *Trois cents* ? s'écria Aren. J'ai commandé la sole…

— Je sais ce que vous avez commandé, l'interrompit-elle. Vous l'avez raconté en détail dans votre critique.

Aren resta silencieux.

— Regardez ça, dit Sandy en tournant l'écran de son ordinateur.

Aren se pencha en avant pour lire quelques commentaires mais c'était inutile, car Sandy les lut à haute voix.

— « Je m'appelle Bill Wheeler et j'ai voyagé dans le monde entier. La sole au beurre blanc est l'un de mes plats préférés. J'en ai mangé à Londres, à Paris et ailleurs. La meilleure, et de loin, que j'aie jamais mangée est celle que l'on sert à *De Divins Délices.* »

Elle prononça les trois derniers mots avec lenteur et précision, comme si elle faisait la lecture à un enfant.

— Trois cents commentaires, marmonna Aren, ébahi.

— Apparemment, M. Wheeler a aimé la sole.

— Apparemment… La mienne était immangeable. Le chef avait peut-être fait tomber la salière dans la sauce ce soir-là, ainsi que du citron et du piment de Cayenne. Il n'y avait rien pour racheter cette sauce ou ce poisson, tout était raté.

— Il y a forcément toujours des gens qui ne seront pas d'accord avec un critique gastronomique, dit Sandy sur le ton du constat.

— C'est sûr.

— Mais trois cents ! Ce n'est pas possible. Vous avez mal fait votre travail.

— Ce n'est pas vrai, répondit Aren qui craignait de perdre son emploi pour cette histoire sans queue ni tête. Que voulez-vous que je fasse ? demanda-t-il.

Un instant, il eut peur qu'elle lui demande sa démission.

— Ce que je veux, c'est que vous retourniez manger à *De Divins Délices,* répondit Sandy d'une voix forte. Il est clair que le chef n'était pas au meilleur de sa forme ce soir-là.

— C'est très clair, oui, répondit Aren, incapable de masquer son sarcasme.

— Si plusieurs milliers de clients ont pris la défense du chef, y retourner me paraît indispensable.

— Très bien.

Aren était bien obligé d'accepter, mais cette perspective ne le réjouissait pas le moins du monde.

— Allez-y sans tarder.

— C'est comme si c'était fait. Mais…

— Oui ? répondit Sandy qui était déjà retournée à son ordinateur.

— La critique que j'ai écrite était honnête. Je veux bien donner une seconde chance à *De Divins Délices*, mais si la nourriture est aussi mauvaise que la première fois, je ne changerai pas d'avis, qu'importe le nombre de lecteurs qui ne seront pas d'accord avec moi…

— Très bien, fit Sandy.

Aren n'avait pas encore quitté son bureau que sa chef avait de nouveau les yeux rivés sur son écran. De retour à son bureau, Aren prit son téléphone et envoya un message à sa sœur.

Je vais donner une seconde chance à De Divins Délices. Tu viens avec moi ?

La réponse de sa sœur ne se fit pas tarder.

Quand ?

Ce soir ?

Demain ?

Ok, demain.

Je te rejoins au restaurant ?

Pas de problème.

Quelle heure ?

19 heures a priori.

En appelant le restaurant, Aren découvrit avec dépit que la seule réservation disponible était à 17 h 30. Il prévint sa sœur immédiatement.

Je ferai de mon mieux pour être à l'heure, répondit-elle. J'aurai peut-être quelques minutes de retard.

Pas de problème.

Le mercredi en fin d'après-midi, Aren arriva avec cinq minutes d'avance. Sa sœur lui envoya un message lui disant qu'elle aurait dix minutes de retard et lui demandant de s'installer sans l'attendre.

La même femme d'une cinquantaine d'années qui l'avait accueilli lors de sa première visite le guida à sa table.

— Je vois que vous êtes de retour, dit-elle avec un grand sourire. Je suis heureuse que ce méchant critique gastronomique ne vous ait pas fait changer d'avis, ajouta-t-elle à voix basse.

Aren se força à sourire.

Il la suivit jusqu'à une table à côté de la cuisine. Il devait bien admettre que les odeurs qui émanaient de celle-ci le faisaient saliver.

Il s'était peut-être montré un peu trop critique. Eh bien, il découvrirait rapidement s'il avait eu tort.

7

Lucie s'affairait dans la cuisine du restaurant mais elle s'interrompit soudain en entendant un bruit étrange. Elle aurait juré entendre des cloches tinter. Le volume de la musique d'ambiance était assez bas et Lucie entendait clairement un léger tintement. Des cloches ? Quelqu'un faisait tinter des clochettes dans le restaurant et, même si cela pouvait paraître étrange, la mélodie ressemblait à l'une de ses chansons de Noël préférées, *Vive le vent.*

Lucie jeta un coup d'œil dans la salle, cherchant la source de ce bruit, lorsqu'elle aperçut quelqu'un qui ressemblait à… Aren.

Son cerveau mit un moment à comprendre que l'homme assis à la table en train de lire la carte était bien Aren Fairchild. Son cœur se mit à battre à toute vitesse. Aren était là… dans son restaurant. La panique s'empara d'elle. Que devait-elle faire ? Aller le voir ? Cela faisait près d'un an. Que lui dirait-elle ? Comment lui expliquerait-elle ce qui s'était passé ?

Mark, leur serveur en chef, entra dans la cuisine et Lucie lui agrippa le bras.

— Va chercher ma mère ! s'exclama-t-elle.

Mark l'observa d'un air surpris.

— Tout de suite ? Est-ce que tout va bien ?

— Oui, oui. Enfin, je pense… Va la chercher s'il te plaît, répéta-t-elle en se tordant les mains.

Heureusement pour elle, il était tôt et les commandes pour le dîner n'avaient pas encore commencé à pleuvoir.

— Est-ce que tu es sûre que tout va bien ? répéta Mark d'un air inquiet.

— Oui, bien sûr, répondit Lucie en tentant de cacher ses mains tremblantes.

Quelques secondes plus tard, Wendy arriva dans la cuisine, l'air tendu.

— Lucie, qu'y a-t-il ? s'écria-t-elle.

— Il est là… dans le restaurant, expliqua-t-elle.

Mais sa mère ne semblait pas saisir de qui elle parlait.

— Qui est là, ma chérie ?

— Aren. Aren, de l'Empire State Building.

— Aren, répéta lentement sa mère. Oh mon Dieu !

Lucie hocha la tête en se mordant la lèvre.

— Et il est seul.

— Très bien, annonça Wendy d'un air décidé. Tu viens avec moi.

— Maman…

Mais il était trop tard, sa mère l'avait attrapée par la manche de sa veste et tirait Lucie derrière elle hors de la cuisine. Lucie comprit l'instant où Aren la vit, car sa réaction fut la même que la sienne.

Le petit pain chaud qu'il tenait dans sa main tomba dans son assiette et il se leva lentement.

— Lucie ?

Il prononça son nom dans un souffle, comme s'il n'arrivait pas à croire ce qu'il voyait.

— Bonjour, Aren.

Après l'avoir salué, elle ne savait plus quoi dire. Elle avait l'impression que sa langue avait doublé de volume, l'empêchant de dire quoi que ce soit.

— Je suis la mère de Lucie, Wendy Ferrara, dit Wendy en faisant un pas en avant.

Elle serra la main de Aren avec une telle admiration qu'on aurait pu croire qu'elle se tenait face à un dieu grec. Elle l'observait avec de grands yeux, étudiant les traits de son visage comme si elle voulait en mémoriser chaque détail.

Mais le regard de Aren ne quittait pas Lucie. Apparemment, il souffrait du même mal car il ne semblait pas pouvoir parler non plus.

— Est-ce que… tu étais là ? demanda-t-elle.

Elle n'avait pas besoin d'expliquer ce qu'elle voulait dire. Aren le savait.

Il détourna le regard avant de hocher la tête.

Lucie se sentait horriblement coupable de l'avoir laissé attendre seul, lui laissant penser qu'elle avait choisi de ne jamais le revoir. Elle aurait tout donné pour vivre une scène romantique digne d'un film d'Hollywood, mais le destin en avait décidé autrement.

— M'as-tu attendu longtemps ?

— Un moment, répondit-il en haussant les épaules, comme si cela n'avait aucune importance. Je suis parti dès que j'ai compris que tu ne viendrais pas.

Lucie remarqua qu'il n'avait pas dit combien de temps il l'avait attendue là-haut. Elle se souvenait qu'il avait plu ce jour-là et cela ne fit que la culpabiliser encore plus, pensant à lui, seul, dans le froid, le vent et la pluie.

— Je suis vraiment, vraiment désolée, murmura-t-elle.

Contre toute attente, ils avaient réussi à se retrouver. Dans une ville aussi grande que New York, cela paraissait presque impossible. Pourtant, c'était vrai et ils ne parvenaient pas à se quitter des yeux.

— Donne-lui ton numéro de téléphone, dit sa mère. D'ailleurs, non, c'est moi qui vais lui donner ton numéro et, Aren, vous êtes notre invité. Commandez ce qui vous fait plaisir.

Aren détourna rapidement la tête.

— Non, je ne peux pas vous laisser faire cela.

— S'il te plaît, reprit Lucie. C'est le moins que l'on puisse faire.

À ce moment, une très belle femme arriva vers eux.

— Excusez mon retard, dit-elle en souriant.

Le cœur de Lucie se brisa en la voyant. Naïvement, elle pensait qu'il avait passé tous ces mois à penser à elle, tout comme elle s'était languie de lui. Elle devait bien se rendre à l'évidence, il avait rencontré quelqu'un d'autre. Lucie, elle, était vêtue de son costume de chef et ses cheveux étaient cachés sous un filet, tandis que l'autre femme était d'une beauté saisissante.

— Oh, fit Lucie en reculant.

— Lucie, je te présente ma sœur Josie, dit Aren très vite.

Sa sœur ? Lucie se souvenait à présent qu'il avait parlé de sa sœur. Il vivait chez elle quand elle l'avait rencontré.

— Lucie ? répéta Josie en la dévisageant d'un air surpris. *La* Lucie dont tu m'as parlé ?

— Oui.

Lucie remarqua qu'il n'ajouta rien. Josie avait l'air de savoir qui elle était.

Fidèle à elle-même, Wendy tendit à Aren une carte de visite.

— J'ai écrit le numéro de Lucie au dos de cette carte. Et, jeune homme, il y a une chose que vous devriez savoir…

— Maman… commença Lucie en touchant le bras de sa mère.

Aren accepta la carte et la posa sur la table.

Lucie hésita. Elle devait retourner en cuisine.

— J'espère que vous apprécierez votre dîner, dit-elle en reculant lentement.

Elle faillit lui dire qu'elle aimerait beaucoup qu'il l'appelle mais changea d'avis. C'était à Aren de décider de l'appeler ou non. Ce serait son tour, désormais, de l'attendre en se demandant si elle le reverrait un jour.

— Écoutez, j'apprécie votre offre, dit Aren à Wendy, mais j'insiste pour payer notre dîner.

— Inutile de nous disputer à ce propos pour le moment, répondit Wendy.

Lucie était déjà retournée dans la cuisine mais elle entendait toujours leur conversation.

— J'insiste, Wendy. Soit je paie l'addition, soit Josie et moi devrons partir.

La mère de Lucie accepta à contrecœur. Puis, les commandes pour le dîner se mirent à pleuvoir et bientôt, la jeune chef fut trop préoccupée par la préparation des plats pour repenser à Aren assis dans la salle, à seulement quelques mètres d'elle.

Quand elle eut enfin un moment pour jeter un coup d'œil dans le restaurant, elle vit qu'un autre couple était assis à la table où Aren et Josie avaient dîné un peu plus tôt.

Il était parti.

Sa mère s'était assurée que Aren ait son numéro de portable, elle n'avait rien d'autre à faire qu'attendre et espérer qu'il l'appelle. Quand Lucie eut enfin terminé de nettoyer et de ranger la cuisine, il était plus de onze heures du soir. Sa mère vint la rejoindre et lui apporta une tasse de café décaféiné.

— Je comprends maintenant ce que tu voulais dire, dit-elle en buvant une gorgée de café. Ton Aren n'est pas désagréable à regarder.

— Il n'est pas « mon Aren », répliqua Lucie.

Mais elle ne put s'empêcher d'ajouter :

— Tu trouves vraiment ?

Sa mère ne put dissimuler un grand sourire.

— J'aurais voulu que tu voies la tête que tu as faite quand Aren a dit qu'il t'avait attendue.

— Tous ces mois ! Oh, Maman, je me sens tellement coupable.

— Tu voulais aller le retrouver. Pourquoi ne voulais-tu pas que je lui explique ce qui s'était passé et que tu étais en train d'aller au rendez-vous quand l'hôpital t'a appelée ?

Lucie aurait bien voulu savoir quoi répondre, mais elle n'en était pas sûre elle-même.

— Ce n'était pas le bon moment. Je me suis dit que ça ne devait pas se faire, c'est tout.

— Et que penses-tu maintenant ?

Lucie avait peur de révéler à quel point elle était heureuse d'avoir retrouvé Aren. Et, même si sa soirée de travail avait été harassante, elle n'était pas du tout fatiguée. D'ailleurs, elle se demandait bien comment elle allait réussir à fermer l'œil. Son esprit et son cœur étaient pleins d'espoir, l'espoir de renouer avec l'homme dont elle était tombée amoureuse le soir du Nouvel An de l'année précédente.

— Crois-tu qu'il m'appellera ? demanda-t-elle à sa mère.

Wendy baissa les yeux.

— C'est triste à dire, mais il ne le fera pas.

Le cœur de Lucie se serra.

— Ah non ?

— Il me l'a dit.

— Tu lui as parlé après mon retour dans la cuisine ?

Lucie avait été bien trop occupée pour se concentrer sur ce qui s'était passé ensuite.

— Longuement.

— Maman !

Lucie commençait à perdre patience, mais c'était sa mère tout craché de laisser durer le suspense ainsi.

— Ma très chère fille, parfois je me pose des questions à ton sujet.

— Pourquoi ? Qu'est-ce que j'ai fait ?

Wendy secoua la tête.

— Eh bien, tout d'abord, tu lui as demandé combien de temps il t'avait attendue.

— Oui, je me posais la question… Je veux dire, c'est normal, non, de me demander s'il était venu ?

Il ne pouvait certainement pas lui en vouloir pour ça.

— Mais tu n'as même pas pris la peine de lui dire que tu étais en route pour aller le retrouver quand tu as reçu l'appel de l'hôpital.

— Je sais…

Elle avait sans doute commis une erreur en ne le lui disant pas.

— D'ailleurs, tu ne lui as pas dit un seul mot d'encouragement, ajouta sa mère en secouant la tête d'un air triste.

Wendy avait raison, bien sûr, et le cœur de Lucie se serra davantage encore quand elle s'en rendit compte. Ce qu'elle pouvait être bête ! Pourquoi n'y avait-elle pas pensé ?

— J'ai remarqué qu'il n'avait pas vraiment répondu à ma question.

— Mais c'est tout à fait normal, Lucie ! Enfin, mets-toi à sa place. Tu lui as posé un lapin et ensuite, tu lui as demandé de te confirmer les faits.

Dit comme ça, bien sûr, c'était horrible.

— Ne crois-tu pas que son ego a suffisamment souffert sans que tu remues le couteau dans la plaie ?

Sa mère avait raison sur toute la ligne. Lucie avait raté sa chance avec Aren, elle avait tout gâché. Pas une fois, mais deux. Pas étonnant qu'il ait dit qu'il n'avait aucunement l'intention de la contacter. Comment avait-elle pu être aussi bête ? Elle en aurait pleuré.

Lucie repoussa son café, emplie de dégoût pour elle-même.

— Alors il t'a dit qu'il n'avait pas l'intention de me contacter… jamais ?

— Un homme a sa fierté, Lucie.

— Et j'ai réussi à la piétiner sans même m'en rendre compte, ajouta Lucie.

— Ah ça oui ! répondit sa mère, qui parut hésiter avant de poursuivre. Mais Aren et moi avons eu une longue discussion.

Lucie tourna vivement la tête.

— Qu'a-t-il dit ?

— En fait, c'est surtout moi qui ai parlé, répondit Wendy.

Oh non, cela ne pouvait rien présager de bon.

— Maman, que lui as-tu dit ? demanda Lucie, à la fois impatiente et nerveuse d'entendre la réponse de sa mère.

— Lucie Ann, ne me parle pas sur ce ton. Je lui ai tout simplement expliqué que tu avais la ferme intention d'aller le retrouver ce jour-là, mais que tu avais reçu un appel de l'hôpital. C'est de ma faute si tu as manqué ce rendez-vous. J'ai dit à Aren que je n'étais pas le genre de personne qui se mêle des affaires des autres, mais que, puisque c'était à cause de moi que tu n'avais pas pu aller le retrouver, je considérais qu'il était de mon devoir d'arranger les choses.

— Qu'a-t-il répondu ? demanda Lucie en se penchant vers sa mère, si près qu'elle faillit tomber de son tabouret.

— J'ai tout de suite vu que Aren était content d'apprendre la vérité. Ça a eu l'air de lui remonter le moral, et à sa sœur aussi.

— Vraiment ? demanda Lucie en fronçant les sourcils. Je croyais qu'il n'avait pas l'intention de m'appeler même si tu lui as donné mon numéro de portable.

Sa mère secoua la tête.

— Mets-toi un peu à sa place, ma fille. Sa fierté en a pris un sacré coup. Il a laissé son numéro de téléphone et a dit que tu devais l'appeler si tu avais envie de le revoir. Tu le feras, n'est-ce pas ?

Lucie n'eut pas besoin de réfléchir.

— Je l'appellerai demain à la première heure, répondit-elle.

— Parfait !

Mais la curiosité de Lucie était comme une soif qu'elle ne pouvait étancher, elle voulait en savoir plus.

— Est-ce que vous avez parlé d'autre chose, toi et Aren ?

Sa mère parut hésiter.

— Eh bien... oui, et j'espère que je n'en ai pas trop dit. Je lui ai dit que je te surprenais tout le temps à lire le journal à la recherche de son nom.

— Oh, Maman... Tu n'aurais pas dû...

— Mais ça lui a fait très plaisir, je l'ai bien vu.

— Vraiment ?

Avec le recul, Aren méritait de savoir que Lucie ne l'avait pas oublié. Pas un jour ne se passait sans qu'elle pense à lui et aux moments qu'ils avaient passé ensemble. Ils n'avaient partagé qu'une soirée mais Aren Fairchild lui avait fait forte impression.

— Tu es prête à rentrer à la maison ? demanda sa mère.

— Je parie que tu es fatiguée, dit Lucie en hochant la tête.

— Un peu. J'ai toujours aimé rencontrer de nouvelles personnes, mais je dois admettre que mes pieds me font un mal de chien, répondit Wendy en retirant ses chaussures.

***

— Nous avons réussi, s'écria Mercy en tapant dans la main de Goodness.

— Aren ne s'est pas demandé une seule fois pourquoi Wendy l'avait fait asseoir si près de la cuisine.

— C'était vraiment une excellente idée, sans vouloir me vanter, ajouta Shirley fièrement.

Seul Will paraissait soucieux.

— Gabriel ne trouverait-il pas que nous sommes encore intervenus dans les affaires des humains ? demanda-t-il.

— Absolument pas, lui assura Shirley. Nous n'avons pratiquement rien fait. Pas comme la fois où Goodness a pris le contrôle de l'escalator dans ce grand magasin ou…

— Comment avez-vous fait pour que Lucie regarde dans le restaurant à l'instant précis où elle l'a fait ? demanda-t-il.

Mercy fut soulagée que Will ait changé de sujet. Elle répondit en relevant les manches de sa longue robe blanche pour révéler une rangée de petites clochettes.

— Ce que Lucie a entendu… c'était toi ?

— Oui, mais ça doit rester notre petit secret, d'accord ?

Gabriel n'aurait probablement pas apprécié son geste.

— Waouw.

— C'est un don, expliqua Goodness en levant la tête vers le Ciel.

— Tu veux dire comme la paix, l'espoir, le pardon… Ce genre de cadeau de Dieu ?

— Euh, pas exactement, répondit rapidement Mercy, soudain mal à l'aise à l'idée d'entraîner Will dans la mauvaise direction. Les clochettes, c'est un petit quelque chose que j'ai appris à utiliser de temps en temps.

— Pour obtenir l'attention des humains, ajouta Shirley. Je me souviens d'une fois où Goodness est apparue dans une église.

— Elle est apparue sous forme… physique, en tant qu'ange ?

C'était pourtant l'une des premières leçons que les anges apprenaient. Seuls ceux qui étaient en mission directe pour Dieu avaient le droit d'apparaître tels qu'ils étaient, sans déguisement ou habillés comme des humains. Dans tous les autres cas, ils devaient rester invisibles ou prendre forme humaine.

— C'était une urgence, expliqua Goodness.

— C'était même une nécessité, ajouta Mercy. Goodness n'aurait jamais pris de tels risques autrement.

Will regarda Goodness avec de grands yeux curieux.

— Je suis apparue à un pasteur dont la femme était morte d'un cancer.

— Et, en perdant sa femme, il avait aussi perdu la foi, ajouta Shirley.

— Je voulais que ce pauvre homme en deuil voie l'amour de Dieu, dit Goodness les yeux brillants.

Je suis allée me tenir devant l'église, j'ai ouvert mes ailes et fait briller ma lumière.

— Que s'est-il passé ? demanda Will d'un air ébahi.

Mercy alla se placer à côté de son amie.

— Nous devrions peut-être voir ce que fait Aren, maintenant qu'il a vu Lucie, suggéra-t-elle.

— Non, attendez, insista Will. Dites-moi ce qui s'est passé ce jour-là avec le pasteur. Vous devez me le dire.

Goodness poussa un long soupir de dépit.

— Il ne m'a pas vue.

— Il ne t'a pas vue ? demanda Will, incrédule. Comment est-ce possible ? La lumière de l'amour de Dieu aurait dû l'aveugler !

— Il était trop pris par son chagrin.

— Oh non, murmura Will.

— C'est à ce moment-là que j'ai eu l'idée des clochettes, expliqua Mercy. C'est une approche plus subtile. Plus on passe de temps avec les humains, plus on apprend que la subtilité est la meilleure des approches.

— La plupart du temps, ça marche, ajouta Shirley.

— La plupart du temps, concéda Mercy. Mais pas tout le temps.

— Ok, allons voir ce que Aren est en train de faire, dit Will.

8

— Tu ne vas pas contacter Lucie ? demanda Josie en buvant une gorgée de café dans sa tasse jetable tandis que Aren et elle se rendaient à la station de métro le lendemain matin. Tu veux que ce soit elle qui t'appelle ?

Aren savait que Josie ne comprenait pas son dilemme. Enfin, peut-être était-ce le cas, après tout… Il avait sa fierté et cela, Josie pouvait le comprendre. Elle aussi, c'était par orgueil qu'elle ne voulait pas contacter Jack. D'après Josie, ils étaient séparés pour de bon, mais Aren soupçonnait que sa sœur était toujours amoureuse de lui. Elle ne lui avait pas dit exactement ce qui s'était passé entre eux pour mettre un terme à leur relation, mais Aren avait l'impression que cela avait un rapport avec la préparation du mariage. Ils avaient dû se disputer à propos d'un détail sans importance, dispute qui avait probablement dégénéré et pris des proportions trop importantes. Apparemment, ils en étaient arrivés au point où, l'un comme l'autre, ils étaient tous deux convaincus que le mariage n'était plus une si bonne idée, tout compte fait. Ensuite, ils avaient décidé que leur relation ne marcherait plus non plus. Organiser un mariage pouvait être extrêmement stressant et, maintenant, Josie était seule et malheureuse. On forme vraiment une belle équipe, tous les deux, pensa-t-il. Au moins, ils se soutenaient dans leur malheur.

Sa relation avec Lucie se révélait compliquée et il avait le sentiment que les choses n'allaient pas s'arranger. Au Nouvel An, le soir de leur rencontre, tout lui avait paru si parfait, si innocent même. Mais tout avait changé depuis. Il travaillait pour la *Gazette* à présent et Lucie était la propriétaire et le chef de cuisine du restaurant qu'il avait si vertement critiqué. Aren ne voyait pas comment, avec tout cela, leur relation pourrait un jour devenir plus sérieuse.

— Elle serait vraiment bête de ne pas t'appeler, déclara Josie.

Aren et sa sœur avaient toujours été proches. Heureusement, il avait réussi à trouver un appartement tout près de celui de Josie. Chaque matin, ils se retrouvaient à Starbucks pour acheter leur café et faisaient le trajet jusqu'au métro ensemble, avant de se séparer pour se rendre au travail, chacun partant dans une direction différente.

— Elle ne sera peut-être pas aussi bête, dit-il.

Mais il était troublé. Il n'avait pas fermé l'œil de la nuit en pensant à la situation impossible dans laquelle il se trouvait. Tout d'abord, il avait totalement changé d'avis sur *De Divins Délices.* Les trois cents clients qui avaient posté un commentaire ne s'étaient pas trompés. Son dîner avait été un *délice* et les desserts étaient effectivement *divins*. Sa deuxième visite avait été plus que concluante et cette fois, le restaurant s'était montré à la hauteur de sa réputation. Il avait dit à sa rédactrice qu'il comptait écrire une critique honnête et il le ferait. Et s'il avait changé d'avis, cela n'avait rien à voir avec ses sentiments pour Lucie.

— Ah, je voulais te demander quelque chose, s'exclama Josie. Penses-tu pouvoir obtenir des places pour *Les Anges de Noël* ?

Sa sœur lui parlait de la pièce qui était le succès du moment à Broadway. Toutes les places avaient été vendues des mois à l'avance et, avec Noël qui approchait, il était absolument impossible de s'en procurer.

— Tu rêves !

— Tu pourrais essayer. Je suis sûre que c'est possible avec tes contacts au journal, non ? Il suffit de connaître les bonnes personnes.

Aren éclata de rire. Il avait été embauché récemment et il y avait peu de chances qu'il arrive à obtenir des entrées. De plus, il ne voulait pas briser les illusions de sa sœur, mais s'il y avait une personne qu'il emmènerait voir cette pièce, c'était Lucie.

— Tiens-moi au courant, lança Josie en descendant les escaliers du métro. Et si tu arrives à obtenir des billets, propose à Lucie de t'accompagner.

— Je croyais que tu voulais y aller, répondit Aren, un peu confus.

— J'irai un jour. Je me disais que Lucie aurait du mal à refuser une invitation pareille. J'ai entendu dire beaucoup de bien de cette pièce de théâtre. Il paraît qu'elle est géniale.

— Très bien, mais ne te fais pas trop d'illusions, d'accord ?

Il ne voulait pas trop dévoiler ce qu'il pensait à sa sœur et il avait beaucoup pensé à Lucie ces derniers temps.

Josie lui fit un joyeux signe de la main et partit dans une autre direction.

Aren prit le métro suivant puis emprunta à pied les quelques rues qui le menaient jusqu'à l'immeuble du journal. Il laissa tomber son sac à dos sur son bureau et alla directement voir Sandy.

La rédactrice en chef était assise à son ordinateur et leva la tête en le voyant arriver. Le regardant par-dessus ses lunettes perchées sur le bout de son nez, Sandy cessa de taper sur le clavier et fit pivoter sa chaise pour lui faire face.

— Êtes-vous retourné à *De Divins Délices* ?

Il hocha la tête et fourra ses mains dans ses poches.

— Alors ?

— C'était délicieux.

Elle haussa les sourcils en souriant, comme si elle était heureusement surprise.

— Alors vous avez changé d'avis.

— Je ne sais pas ce qui s'est passé la première fois, avoua-t-il. Ma sœur était avec moi et son plat à elle était très bon, mais le mien était immangeable.

— Mais pas cette fois-ci ?

— Non, c'était absolument délicieux, répondit-il.

Il devait bien admettre qu'il avait été surpris par la qualité de son repas. Et cette soirée lui avait réservé bien d'autres surprises qui n'avaient rien à voir avec ce qu'il y avait au menu.

— Très bien. Écrivez votre article et nous le publierons dans le journal de ce soir. Les clients du restaurant devraient être heureux, répondit Sandy qui, comme à son habitude, s'était déjà retournée vers son écran.

— Sandy, ajouta Aren, debout dans l'ouverture de la porte.

Elle tourna la tête vers lui d'un air impatient.

— Quoi encore ?

— Je ne peux pas écrire cette critique.

— Pourquoi pas ? demanda-t-elle, visiblement irritée.

— Je me suis rendu compte que je connaissais la chef.

— Est-ce que cela a influencé votre opinion ?

— Non.

— Alors écrivez l'article.

— J'aimerais beaucoup, mais…

Elle retira ses lunettes et lui lança un regard noir.

— Quel est le problème, Fairchild ?

— Je veux sortir avec elle, laissa-t-il échapper.

Sandy fronça les sourcils et se retourna vers son ordinateur.

— Et alors ? Sortez avec elle. Elle n'a pas besoin de savoir que vous êtes Eaton Well.

Aren n'en revenait pas. Il n'avait eu aucune idée de la manière dont Sandy réagirait à son aveu et sa réponse le remplit de joie.

— Vous êtes encore là ? demanda Sandy.

— Merci, merci, Sandy. Vraiment, c'est une excellente nouvelle.

Le cœur de Aren était plus léger qu'il ne l'avait été depuis des mois. Il s'était tellement inquiété de ce que sa rédactrice en chef lui dirait mais à présent, c'était comme s'il pouvait de nouveau respirer librement.

— Que faites-vous encore là ? ajouta-t-elle.

— Non… Non, rien… Je vais aller écrire la meilleure critique de restaurant que le journal ait jamais publiée.

— Alors allez-y, répondit-elle sèchement.

Les mots ne pouvaient exprimer son soulagement, il avait envie de gambader jusqu'à son bureau. Dès qu'il se fut assis, son téléphone portable se mit à vibrer. Aren y jeta un coup d'œil distrait, ne reconnut pas le numéro et se dit que la personne pouvait lui laisser un message sur son répondeur, il avait bien d'autres choses à faire. Il avait écrit environ la moitié de son article qui, pour être tout à fait honnête, s'écrivait pratiquement tout seul, quand Norm Lockett passa à côté de son bureau. Norm était le critique de théâtre du journal.

— Norm, appela Aren. Puis-je te demander une faveur ?

— Salut, fiston. De quoi as-tu besoin ?

Aren se leva pour lui parler. Norm devait avoir une trentaine d'années de plus que lui et était très apprécié de tout le monde.

— Serait-il possible d'obtenir des places pour *Les Anges de Noël* ? demanda-t-il.

Aren savait qu'il y avait peu de chance que ça marche, mais qui ne tente rien…

Norm lui répondit d'un grand sourire et d'une tape dans le dos.

— Je vais voir ce que je peux faire, mais je ne te promets rien.

Aren retourna s'asseoir à son bureau et était toujours occupé à écrire son article quand Norm revint le voir un peu plus tard.

— C'est ton jour de chance, mon vieux, annonça celui-ci.

— Tu as eu des places ?

— Oui. Deux pour jeudi prochain.

— Merci ! Tu es le meilleur !

Aren se fichait bien de quel soir c'était. Il était tellement heureux d'avoir réussi à obtenir des places pour la pièce qu'il ne prit pas la peine de vérifier son agenda pour voir s'il était libre. Il y pensa un peu plus tard et se rendit compte qu'il avait une réservation dans un restaurant qu'il devait critiquer pour ce soir-là. Tant pis. Après tout, aller au théâtre puis au restaurant serait la parfaite sortie pour leur premier rendez-vous. Il avait même peine à croire à sa chance. Enfin... si Lucie daignait l'appeler.

Norm retourna à son bureau et Aren reprit son article sur *De Divins Délices.* Les mots lui venaient tout seuls et il chantonnait en écrivant lorsqu'il s'arrêta net. Il venait de penser à quelque chose. L'appel auquel il n'avait pas répondu un peu plus tôt était peut-être de Lucie.

Il saisit son téléphone portable et consulta sa messagerie vocale. C'était bien Lucie.

— « Bonjour Aren, c'est Lucie. Ma mère m'a dit qu'elle t'avait expliqué pourquoi je n'étais pas venue te retrouver la dernière fois. Je suis désolée de t'avoir fait attendre. J'espère que tu accepteras de me donner une seconde chance. Si c'est le cas, appelle-moi. Sinon... eh bien, je comprendrai. »

Elle avait prononcé les derniers mots d'une voix un peu éteinte, d'angoisse ou de déception, Aren n'aurait su le dire.

Il la rappela immédiatement.

— Ici, Lucie, répondit-elle.

— C'est Aren, dit-il.

Mais avant qu'il ait pu ajouter quoi que ce soit, Lucie se mit à bafouiller.

— Oh, Aren, tu as eu mon message ? Enfin, qu'est-ce que je dis ? Bien sûr que tu l'as eu, sinon tu ne m'appellerais pas. Oh mon Dieu, je dois avoir l'air d'une idiote, je ne fais que me répéter. C'est juste que je suis tellement contente de t'entendre, dit-elle avant de s'interrompre comme si elle était gênée d'avoir parlé aussi vite. Je vais me taire et te laisser parler, ajouta-t-elle avec un petit rire embarrassé.

Aren ne put retenir un grand sourire tandis qu'une immense joie l'envahissait.

— Tu peux parler aussi longtemps que tu veux. C'est génial d'entendre le son de ta voix.

— Vraiment ?

— C'est incroyable que nous nous soyons retrouvés après tous ces mois, providentiel même, tu ne trouves pas ? demanda-t-il.

— Si, providentiel est le mot ! Mais en même temps, tu travailles avec les mots, pas vrai ?

— C'est juste !

— J'ai cherché ton nom dans la *Gazette*...

— Mais je ne suis pas exactement leur reporter numéro un.

— Non, mais je suis sûre que tu écris très bien... Enfin, je n'ai jamais rien lu de toi...

La vérité, c'était qu'elle avait lu l'un de ses articles les plus importants : la critique sur son propre restaurant. Mais Aren ne pouvait pas le lui dire, son contrat avec le journal lui imposait la confidentialité et sa rédactrice en chef le lui avait clairement rappelé. Même s'il voulait lui dire la vérité, il ne le pouvait pas. Il ne voulait pas saboter une relation prometteuse alors qu'elle ne faisait que commencer.

Profitant de l'occasion pour changer de sujet, il dit :

— Je t'ai rappelée parce que je me demandais si tu serais libre pour aller au théâtre et au restaurant. J'ai deux places pour *Les Anges de Noël* jeudi prochain.

— *Les Anges de Noël ?* J'ai entendu dire qu'il était impossible de trouver des places.

— Eh bien, j'en ai deux.

— Oh non… Je ne sais pas si je vais pouvoir me libérer, ajouta-t-elle d'une voix qui trahissait toute sa déception. Je travaille au restaurant tous les soirs.

Évidemment ! pensa Aren. Bien sûr qu'elle travaillait le soir ! Il n'arrivait pas à croire qu'il avait omis cet élément crucial.

— Mais bien sûr ! Je crois que j'avais oublié ce détail parce que je ne voulais pas y penser.

— Jeudi soir, c'est ça ? demanda-t-elle d'un ton hésitant. Écoute, tant pis, je peux bien prendre une soirée de temps en temps. Nous avons embauché un sous-chef fabuleux qui peut me remplacer. Jazmine et moi avons fait nos études ensemble, elle est formidable. Ma mère passe son temps à me répéter de prendre un jour de congé, de faire une pause et cette soirée est très importante pour moi. Oh mon

Dieu, voilà que je recommence. Je crois qu'il vaudrait mieux que je me taise.

— Non, j'adore t'écouter parler, répondit Aren qui ne pouvait s'empêcher de sourire. Mais je crois que nous ferions mieux de raccrocher. Je te verrai la semaine prochaine.

— D'accord. Est-ce que tu me rappelleras pour me dire l'heure exacte ou préfères-tu que ce soit moi qui t'appelle ?

— Je t'appellerai.

— Super. J'ai hâte ! Merci de m'avoir rappelée, Aren.

Aren pensait que c'était à lui de la remercier. Ils se dirent au revoir. Aren avait l'impression qu'il pourrait gravir une montagne. Il attendit quelques secondes avant d'appeler sa sœur.

Josie répondit presque immédiatement. Elle travaillait à Wall Street pour une grande maison de courtage.

— J'ai deux bonnes nouvelles et une mauvaise nouvelle, annonça-t-il.

— Vas-y, je t'écoute.

— Lucie m'a appelé.

Il aurait pu faire durer le suspense, mais sa sœur le connaissait trop bien. Elle verrait clair dans son jeu en moins d'une seconde. Il n'essaya même pas de faire semblant.

— Elle t'a déjà appelé ?

— Il y a deux minutes.

— Et ? Vous avez rendez-vous ?

— Oui madame ! Mais c'est à la fois une bonne et une mauvaise nouvelle.

— Pourquoi ? Explique-toi, petit frère.

Aren aimait bien taquiner sa sœur.

— Je l'emmène dîner au restaurant puis au théâtre.

— Waouw, tu ne te moques pas d'elle, dis-moi ! Quelle pièce l'emmènes-tu voir ?

— C'est ça, la mauvaise nouvelle.

— Ne me dis pas que tu as eu des places pour *Les Anges de Noël* ? s'exclama-t-elle après une courte hésitation.

— Si, désolé.

— Oh non !

— Ne m'en veux pas ! répondit Aren. J'ai une autre bonne nouvelle. J'ai parlé à ma patronne et Sandy a dit que je pouvais écrire une deuxième critique de *De Divins Délices* sous forme de rétractation.

— Évidemment !

— J'avais peur que ce ne soit un conflit d'intérêts, mais Sandy m'a dit que cela ne faisait rien tant que je ne révélais pas à Lucie ma véritable identité.

— C'est bien, mais… est-ce que Lucie ou sa mère savent que c'est toi qui as écrit la première critique ?

— Non.

— Non ? Oh, Aren, ça pourrait mal finir.

— Je le lui dirai, mais ce n'est pas le bon moment. Je ne veux pas lui cacher quoi que ce soit, mais j'ai signé une clause de confidentialité. Je ne peux révéler mon identité à personne, sauf à ma famille. De plus, Lucie et moi venons juste de nous retrouver…

— … Et tu ne veux pas tout gâcher, compléta sa sœur.

— Oui, avoua-t-il.

Pour lui, c'était la meilleure des excuses.

— Oh, Aren, promets-moi de ne pas garder le secret trop longtemps.

— Josie, je n'ai pas le choix. C'est dans mon contrat. Je pourrais perdre mon travail si je lui disais que j'écris sous le nom de Eaton Well.

— Tu peux le lui faire comprendre sans le lui dire vraiment.

— Peut-être, répondit-il. Mais il est encore trop tôt.

— Bon, je suis d'accord avec toi sur ce point, mais j'ai bien peur que cela ne se transforme en épée de Damoclès prête à te tomber sur la tête à tout moment.

— Je le ferai quand le moment sera venu, promit-il. Mais pas avant que je trouve le moyen de le faire d'une manière détournée et je veux d'abord apprendre à mieux la connaître. D'accord ?

— D'accord, mais n'attends pas qu'il soit trop tard.

— Ne t'inquiète pas, répondit-il.

Ce ne serait pas facile, mais il trouverait le meilleur moyen et le bon moment pour lui avouer la vérité.

9

— Non mais regardez ces anges sur scène ! murmura Mercy en secouant la tête d'un air exaspéré. Est-ce vraiment ainsi que les humains nous imaginent ? C'est ridicule.

Shirley, Goodness, Mercy et Will étaient assis à un balcon du théâtre de Broadway et tous les quatre s'amusaient follement. Ils étaient venus en simples spectateurs pour respecter les ordres de Gabriel.

Cependant, Mercy observait de près Lucie et Aren. Les jeunes gens avaient de très bonnes places, à environ dix rangs derrière l'orchestre, et tous deux semblaient passer un excellent moment. De temps à autre, ils se penchaient l'un vers l'autre et échangeaient des paroles à voix basse. Mercy avait un faible pour les histoires d'amour et ces deux-là paraissaient faits l'un pour l'autre. Peu après le début de la pièce, Aren prit la main de Lucie et elle lui sourit d'un air si heureux que Mercy sentit son cœur fondre. C'était le moment le plus romantique auquel elle ait jamais assisté.

Quand Mercy se retourna vers ses amis, une drôle de sensation la traversa.

Goodness avait disparu.

— Où est Goodness ? murmura-t-elle, inquiète.

Shirley haussa les épaules, apparemment trop prise par ce qui se passait sur scène pour se demander où était passée leur amie.

— Will, où est Goodness ? demanda de nouveau Mercy en essayant de dissimuler la panique dans sa voix.

Leur jeune collègue avait l'air de beaucoup s'amuser et il se contenta de secouer la tête.

Mercy chercha frénétiquement du regard et se rendit compte que ce qu'elle craignait le plus était sur le point de se réaliser. Goodness était sur scène avec les acteurs. Bien déterminée à éviter un nouveau désastre, Mercy alla immédiatement retrouver son amie sur la scène et l'attrapa par le bras.

— Pour l'amour du Ciel, que fais-tu ici ? chuchota-t-elle.

— Ces acteurs ne connaissent rien aux anges ni à leur comportement. Ces costumes sont ridicules.

Oh non, c'était pire encore que ce qu'elle pensait.

— Goodness, je t'en prie, ne fais pas ça !

— Je veux juste ébouriffer un peu leurs plumes pour les rendre plus présentables. C'est ce que voudrait Gabriel.

— Non, absolument pas, intervint Shirley qui les avait rejointes entretemps.

Les trois anges bondirent sur scène, courant dans un sens puis dans l'autre en tentant d'éviter les acteurs.

— Qu'est-ce que c'est ? demanda Will qui venait d'apparaître à côté d'elles.

— Quoi ?

— Cet homme. Il joue d'une sorte d'instrument de musique.

— C'est un tuba. Retourne t'asseoir immédiatement, lui ordonna Mercy.

Tout à coup, l'une des actrices déguisées en anges poussa un cri. Elle était suspendue dans les airs, à un peu moins d'un mètre du sol.

— Mon Dieu, aidez-moi, cria-t-elle en remuant les bras, paniquée.

— Repose-la par terre, supplia Mercy. Doucement, s'il te plaît.

L'actrice redescendit lentement et ses pieds retrouvèrent le sol ferme. Mais au même instant, trois autres acteurs anges s'élevèrent à leur tour. Ne sachant que faire pour les aider, les autres acteurs, en vrais professionnels, continuaient à interpréter leurs dialogues comme si tout était normal, jetant des regards inquiets aux trois acteurs effrayés. Le public, quant à lui, trouvait cela très drôle et la salle résonnait d'éclats de rire. Tout le monde semblait penser que cela faisait partie du spectacle.

La scène que les acteurs étaient en train d'interpréter était une pièce dans la pièce, une sorte de mise en abyme, où les personnages principaux assistaient à un spectacle de Noël joué par des enfants. Les acteurs incarnant les anges jouaient le rôle de metteurs en scène. Shirley, Goodness et Mercy étaient en train de transformer la scène en véritable chaos et les techniciens, en coulisses, se lançaient des regards perdus, haussaient les épaules, couraient sur scène en tous sens, à la recherche de fils inexistants soulevant les acteurs.

Tandis que Mercy se disputait avec Goodness et Shirley, cette dernière, habituellement la plus raisonnable d'entre eux, avait apparemment perdu la tête et décidé que c'était le moment pour elle de briller sur scène. Mercy n'en crut pas ses yeux quand elle vit que son amie se mettait à chanter avec la petite chorale d'enfants.

Abandonnant la partie, Mercy décida de rejoindre Shirley qui était en train de chanter l'une de leurs chansons de Noël favorites. Toutes les personnes présentes sur scène s'immobilisèrent soudain, les regards fixés sur les enfants et, l'espace d'un instant, Mercy eut peur qu'ils ne soient découverts.

— Je pense qu'il est temps pour nous de partir, dit Will en tirant Shirley par la manche.

— C'est vrai, je crois que tu as raison, répondit Shirley qui semblait enfin retrouver ses esprits.

— J'aimerais bien essayer de jouer du tuba avant d'y aller ! ajouta Will en se dirigeant vers l'orchestre.

Juste à temps, Goodness réussit à rattraper Will et le tira en arrière.

— Pas maintenant, supplia Mercy en guidant les trois anges vers les coulisses. Partons tant qu'il en est encore temps.

Rien ne se déroulait comme prévu.

— Et Lucie et Aren ? protesta Will. Allons-nous les abandonner ?

— Nous n'avons pas le choix, assura Mercy.

Elle ne comprenait pas comment ils avaient perdu le contrôle de la situation aussi rapidement, mais ils ne pouvaient pas se racheter, c'était trop tard. Elle aurait dû s'en douter, aurait dû deviner que voir des anges sur scène serait trop tentant pour eux tous. Ils quittèrent le théâtre et Mercy commençait enfin à se détendre quand elle entendit Shirley s'exclamer :

— Goodness ! Ramène ce chameau avant que quelqu'un ne remarque qu'il a disparu.

Mercy se retourna et étouffa un cri de surprise. En effet, son amie avait volé le chameau attaché dans les coulisses et le tirait derrière elle dans la rue.

Elle qui pensait que les choses ne pouvaient pas être pires, ses collègues lui avaient encore une fois montré qu'ils étaient imprévisibles. Tout ce qu'elle pouvait espérer était que personne, au Ciel, n'entendrait jamais parler de cet incident.

***

— Qu'as-tu pensé de la pièce ? demanda Aren à Lucie à leur sortie du théâtre.

Elle avait du mal à l'entendre par-dessus la clameur qui s'élevait de la foule. Tout le monde parlait du spectacle et Lucie entendit une femme dire qu'elle avait déjà vu la pièce et qu'elle l'avait trouvée encore plus drôle que la première fois.

— C'était génial… tout simplement génial.

— Je suis d'accord avec toi, répondit Aren.

Une fois à l'extérieur, il aida Lucie à remettre son manteau et reboutonna le sien. Il prit la main de Lucie et la plaça au creux de son bras. La nuit était particulièrement froide, ce qui offrait à Lucie un prétexte parfait pour se rapprocher de lui. Les illuminations de Noël ornant les rues de la ville semblaient briller plus intensément encore ce soir-là.

Tout lui paraissait absolument parfait, tout l'émerveillait. Même si elle et Aren ne se connaissaient pas depuis longtemps, elle avait la sensation qu'il avait toujours fait partie de sa vie. Jamais elle n'avait ressenti un tel lien avec un homme et elle ne pouvait s'empêcher de se demander si elle avait enfin trouvé la personne qu'elle pourrait aimer autant que ses parents s'étaient aimés.

— Je n'arrive toujours pas à comprendre comment ils s'y sont pris pour faire voler les anges, dit Aren en fronçant les sourcils. D'habitude, on voit les fils et nous étions assis suffisamment près de la scène pour les apercevoir mais je n'ai rien vu.

— Et qu'est-ce que les enfants chantaient bien !

— Je vais télécharger la musique dès que je rentrerai chez moi. C'était…

Aren hésita, cherchant le mot juste.

— … angélique, compléta Lucie.

Ils marchaient lentement, prenant tout leur temps pour savourer ces moments passés ensemble, et leurs épaules se touchaient tandis qu'ils marchaient bras dessus bras dessous.

— J'ai passé une merveilleuse soirée, dit-elle. Je ne sais comment te remercier.

Aren sourit et prit sa main.

— La soirée n'est pas encore finie, répondit-il.

— Ah non ?

— J'espère que tu as faim.

— Je suis affamée.

Lucie s'était levée encore plus tôt que d'habitude pour préparer ses desserts et s'assurer que tout serait prêt au restaurant, afin d'avoir l'esprit tranquille pour la soirée. Elle avait eu envie de téléphoner pour savoir si tout se passait bien, mais sa mère avait insisté pour qu'elle n'en fasse rien. Wendy voulait que Lucie oublie le restaurant le temps d'une soirée et qu'elle en profite pleinement. Lucie pensait que ce serait impossible, mais elle avait eu tort. Quand elle était avec Aren, elle oubliait tous ses soucis.

— Je sais qu'il est tard, mais j'ai réservé une table dans un restaurant, annonça Aren.

Ils passèrent devant le Rockefeller Center et s'arrêtèrent un instant pour admirer les illuminations de Noël, les sapins décorés et les gens qui faisaient du patin à glace. Lucie avait l'impression d'être dans une scène de comédie romantique. Incapable de résister à la tentation, elle appuya sa tête contre l'épaule de Aren.

— Fatiguée ?

Elle aurait dû l'être mais ce n'était pas du tout le cas. En fait, c'était même tout le contraire.

— Non, je suis heureuse. Tout simplement heureuse.

— Moi aussi. Je ne pensais pas que je te reverrais un jour.

— Moi non plus. J'avais perdu tout espoir de te retrouver.

Ils se remirent en chemin, toujours aussi lentement, jusqu'au restaurant qui portait le nom d'un chef célèbre. Lucie ne put s'empêcher d'être impressionnée et un peu intimidée.

— Comment as-tu réussi à obtenir une réservation ici ainsi que les places pour la pièce la plus à la mode du moment ? demanda-t-elle.

Aren sourit d'un air penaud.

— J'ai joué de mes relations au journal.

— J'ai tellement entendu parler de la cuisine de ce chef. J'ai toujours eu envie de manger dans ce restaurant, mais je n'en ai jamais eu l'occasion.

— Très bien, c'est la première fois que j'y vais moi aussi.

Elle comprenait à présent pourquoi il avait décidé de manger si tard. Il était probablement impossible d'obtenir une réservation plus tôt. D'après ce que Lucie avait entendu dire, toutes les tables étaient réservées des mois à l'avance, surtout en période de Noël. Comment Aren avait-il fait pour réussir tout ça ? Combien de faveurs avait-il demandées ? Elle se souviendrait longtemps de cette soirée.

Une fois assis, ils attendirent quelques minutes avant qu'on leur apporte leurs menus. Lucie lança un regard entendu à Aren.

— Ma mère ne laisserait jamais cela se produire, murmura-t-elle.

— Ah non ? demanda-t-il d'un air amusé.

— Attendre les menus ? Elle nous les aurait déjà apportés !

Aren sourit et ouvrit son menu, élégamment orné d'un pompon doré.

Après leur avoir accordé un temps plus que nécessaire pour étudier la carte, le serveur revint et leur récita la liste des plats du jour, les décrivant dans les moindres détails, mentionnant même le pays d'origine des herbes et des épices. Comme il était tard, il leur annonça qu'ils n'avaient plus aucun des hors-d'œuvre et seulement l'une des entrées du jour.

Lucie eut du mal à cacher son étonnement.

— Pourquoi nous réciter la liste des plats s'ils ne sont plus disponibles ? Tous ces détails ne m'ont pas spécialement donné envie de goûter ces plats. Au contraire, j'avais plutôt l'impression qu'ils devaient être admirés dans un musée…

— Je suis tout à fait d'accord, répondit Aren en étouffant un petit rire.

Lucie commanda du poisson et Aren des poivrons fourrés au fromage. Une fois qu'ils eurent été servis, la nourriture se montra aussi décevante que le service.

— Alors, qu'en dis-tu ? demanda Aren après leur première bouchée. Ce restaurant est-il à la hauteur de sa réputation, selon toi ?

Lucie posa sa fourchette et pesa le pour et le contre. Devait-elle être honnête et dire ce qu'elle pensait ? Étant elle-même dans la restauration, elle était probablement trop exigeante. Aren s'était donné beaucoup de mal pour obtenir une réservation dans ce restaurant, mais elle voyait bien qu'il était loin de se régaler lui aussi.

— Veux-tu la vérité ? demanda-t-elle.

— Bien sûr.

— Eh bien, je suis très déçue. Mon poisson était bien trop cuit, la sauce n'a aucun goût et les légumes ont été bouillis à mort. Voilà tout ce que je déteste dans ce milieu.

— Quoi ?

— Un critique gastronomique est venu manger dans notre restaurant et il a étrillé ma cuisine. Sa critique était cruelle et méchante et je peux te dire que n'importe lequel de mes plats est largement aussi bon que ce qu'ils servent ici.

Aren l'observait fixement de l'autre côté de la table, sa fourchette toujours à la main.

Lucie aurait dû y voir un signe et arrêter de parler mais, une fois lancée, elle avait toujours du mal à s'arrêter.

— Ce qui me met le plus en colère, en fait, c'est que ce critique adorerait sans doute ce restaurant. Je veux dire, cet Eaton Well a dû chanter leurs louanges pour que ce chef ait une telle réputation. Cela prouve bien que cet homme ne sait absolument pas de quoi il parle.

Elle se mordit la lèvre. Elle en avait trop dit. Elle s'était laissée emporter par sa colère, mais chaque fois qu'elle pensait à Eaton Well et à son article injuste, son sang ne faisait qu'un tour. Elle se sentit obligée d'ajouter :

— Je sais qu'il travaille pour le même journal que toi et si c'est un de tes amis, alors je te fais mes excuses. Mais il m'a causé du tort et je ne suis pas sûre de pouvoir un jour lui pardonner pour ce qu'il a dit sur *De Divins Délices*.

Aren continuait de la regarder comme s'il ne savait pas quoi dire. Lucie devait essayer de sauver ce qu'il restait de leur soirée, après sa tirade.

— Excuse-moi, je t'en prie, murmura-t-elle. Je n'aurais pas dû parler de cette critique. Comme tu as dû le deviner, je suis encore très en colère.

Aren prit sa tasse de café qui était probablement froid à présent.

— Ta mère a dit que tes clients s'étaient montrés loyaux et qu'ils avaient rapidement pris ta défense, dit-il.

— Oui, Dieu merci. Sans eux, nous serions peut-être au bord de la faillite aujourd'hui. Nous aurions pu tout perdre à cause de cette mauvaise critique.

Aren reposa sa tasse sur sa soucoupe et recula sur sa chaise, mais il n'avait pas l'air détendu pour autant.

— Il y a eu un deuxième article, non ?

— Oui, le critique s'est rétracté. Apparemment, ce pauvre Eaton Well a été forcé de donner une nouvelle chance à mon restaurant.

— Et sa deuxième critique était-elle juste ?

— Je suppose, répondit-elle en haussant les épaules. N'empêche que j'aimerais bien le rencontrer pour lui dire ce que je pense, à ce salaud.

— Salaud ?

— Eh bien, pour moi c'est ce qu'il est. Pourquoi les gens doivent-ils toujours être méchants ? Il n'avait pas besoin de dire ce qu'il a dit. Ces journalistes ne réalisent-ils pas qu'ils jouent avec la vie des gens ?

— Je suis certain que les choses vont s'arranger.

— Je l'espère.

Aren commanda le plateau de desserts qui comprenait une petite sélection de gâteaux. Lucie n'en goûta qu'un ou deux, ceux qui lui faisaient le plus envie : un cake à la banane et du sorbet à la framboise. Ils étaient bons, mais loin d'être délicieux.

— Tes desserts sont bien meilleurs, dit Aren.

Elle ne put s'empêcher de sourire à son compliment. Au fond, elle était d'accord avec lui mais elle se tut, elle en avait déjà trop dit.

— Merci.

Aren paya l'addition qui, selon Lucie, était bien trop élevée pour ce qu'ils avaient mangé. Lorsqu'ils quittèrent le restaurant, Aren lui parut bien silencieux. Peut-être, comme elle, avait-il eu une longue journée. Il devait être fatigué. Après tout, il était tard et ils devaient tous deux travailler le lendemain matin.

— Écoute, dit-elle tandis qu'ils marchaient dans la rue. Laisse-moi te préparer un bon dîner. Celui-ci était décevant et je voudrais t'offrir un repas créé spécialement pour toi.

— Je serais bien incapable de refuser une offre pareille, répondit Aren avec un grand sourire.

— Très bien. Dimanche en fin d'après-midi, est-ce que ça te conviendrait ?

Son esprit fourmillait déjà d'idées de menus. Cuisiner était pour elle une expérience pleine d'émotion et Lucie trouvait souvent plus facile d'exprimer ses sentiments par la cuisine que par les mots. Ce dîner serait sa manière de faire comprendre à Aren combien elle aimait passer du temps avec lui et à quel point elle était heureuse de l'avoir retrouvé.

— Dimanche, ce sera très bien.

— Génial. Viens vers 16 heures, si ce n'est pas trop tôt pour toi.

— C'est parfait.

Aren s'arrêta et héla un taxi.

— J'ai passé une soirée merveilleuse, dit Lucie. Merci, Aren. Merci pour tout.

Le taxi s'arrêta. Aren ouvrit l'une des portières arrière et Lucie, instinctivement, se mit sur la pointe des pieds pour l'embrasser. Elle avait attendu ce baiser longtemps et se demandait s'il serait à la hauteur de celui qu'ils avaient partagé le soir du Nouvel An, près d'un an plus tôt.

Aren la prit par les épaules et posa sa bouche sur la sienne.

Oh, c'était bon, aussi bon que le baiser dont elle se souvenait, peut-être mieux encore. Elle aurait voulu se jeter dans ses bras, se fondre en lui et ne jamais le laisser partir.

— Hé, vous deux ! cria le chauffeur de taxi. Je n'ai pas la nuit devant moi !

Lucie sentit que Aren n'avait pas envie de la lâcher, mais il le fit lentement.

— Je t'appellerai avant dimanche, d'accord ? dit-il.

— Bien sûr.

Il la regardait avec un air sérieux comme empreint d'inquiétude, mais Lucie se dit que son imagination devait lui jouer des tours. Leur soirée avait été parfaite en tous points. Enfin, sauf le dîner, mais ce n'était pas la faute de Aren.

Une fois Lucie installée dans le taxi, Aren recula et leva la main en signe d'adieu.

Lucie pressa sa main sur ses lèvres et la posa contre la vitre tandis que le chauffeur de taxi démarrait. Quand il eut disparu de sa vue, Lucie réalisa que la dernière fois qu'elle avait fait ce geste, elle ne l'avait pas revu pendant près d'un an.

10

Aren attendait patiemment dans la queue de Starbucks, redoutant de se retrouver en face de sa sœur. Il n'eut pas longtemps à attendre avant de voir Josie entrer dans le café, quelques minutes après lui.

Il commanda et paya leurs deux cafés, puis en tendit un à sa sœur. Il savait qu'elle attendait qu'il lui raconte sa soirée avec Lucie, soirée qui s'était merveilleusement bien passée, mieux encore qu'il ne l'avait espéré. Mais une chose l'inquiétait. Il avait été surpris de voir à quel point Lucie en voulait à Eaton Well pour sa première critique. Elle avait même l'air de se moquer complètement du deuxième article, dans lequel il retirait tout ce qu'il avait dit et chantait les louanges de *De Divins Délices.* C'était comme si cette nouvelle critique ne comptait même pas pour elle.

Ils partirent en direction du métro, marchant au même rythme.

— Alors, ne fais pas durer le suspense, dit-elle. Dis-moi comment s'est passée ta soirée avec Lucie.

— Très bien.

— Alors pourquoi fais-tu une tête pareille ? Oh, Aren, a-t-elle deviné qui tu es ? s'écria Josie en s'arrêtant soudain et en plaquant sa main contre sa bouche.

Elle avait pilé au beau milieu du trottoir. La personne qui marchait derrière elle faillit lui rentrer dedans et la contourna en maugréant.

Aren fut contraint de s'arrêter aussi.

— Non, elle n'a rien deviné, mais elle n'a pas arrêté de parler du « salaud » qui a failli détruire sa réputation avec sa mauvaise critique.

— Tu ne lui as pas dit que c'était toi, le critique en question ?

— Je ne pouvais pas.

Combien de fois devait-il rappeler à sa sœur qu'il était sous contrat avec le journal et qu'il ne devait révéler sa réelle identité à personne, sous aucun prétexte ?

Josie leva les yeux vers le ciel menaçant d'un air frustré et inquiet.

— Oh, Aren, ce n'est pas bon.

Cette pensée avait taraudé Aren toute la nuit. Il devait tout avouer à Lucie, et plus longtemps il garderait le secret, plus ce serait difficile pour lui quand la vérité éclaterait enfin.

Ils se remirent en marche, se rapprochant de la bouche de métro.

— Qu'a dit exactement Lucie ? insista Josie.

Aren haussa les épaules pour faire comme s'il ne s'en souvenait pas, alors que chaque mot était gravé dans sa mémoire.

— Elle a parlé d'Eaton Well et du fait qu'il s'était montré méchant et injuste. Elle a affirmé qu'elle aimerait bien le rencontrer pour pouvoir lui dire ses quatre vérités en face.

— Oh oh.

— Même si je pouvais lui avouer la vérité, je ne le ferais pas… Pas tant que tout se passe bien entre nous et qu'elle est encore si en colère contre Eaton Well.

— Mais Aren, il faudra bien que tu trouves le moyen de le faire tôt ou tard, répéta Josie.

Aren n'avait nul besoin que sa sœur le lui dise, il ne le savait que trop bien.

— Je sais.

— Tu sais mieux que personne ce que c'est que d'être trahi. C'est un risque, mais c'est un risque que tu dois courir.

La logique de sa sœur était imparable, en théorie.

— Je sais ce que j'ai à faire, Josie, c'est juste que… Je ne sais pas comment le faire sans rompre la clause de confidentialité que j'ai signée avec le journal. T'est-il déjà arrivé de rencontrer quelqu'un avec qui le courant passait immédiatement ? Lucie est intelligente, drôle, incroyablement loyale et gentille. Tu devrais voir la façon dont ses employés l'admirent et la respectent, ainsi que sa mère. Je n'ai jamais vu ça dans aucun autre restaurant.

— Tu n'y es allé que deux fois.

— Je sais, mais j'ai bien vu la façon dont ils travaillent ensemble et se soutiennent les uns les autres. Ce genre de camaraderie et de loyauté ne peut provenir que d'une bonne gestion, du sommet de la hiérarchie jusqu'en bas. Lucie et sa mère sont destinées à connaître le succès avec ce restaurant. C'est sûr et certain.

— Je n'ai qu'un conseil à te donner : il te faut trouver le moyen de tout dire à Lucie avant que cela ne se retourne contre toi.

— Elle m'a invité à dîner chez elle dimanche.

Josie but une gorgée de café et secoua la tête.

— Tu devras le faire avant.

— Mais…

— Plus tu reculeras l'échéance et plus ce sera difficile.

Le souffle de Aren formait des petits nuages de buée. La neige avait commencé à tomber mais il remarquait à peine les signaux montrant que Noël approchait.

— Je trouverai un moyen, murmura-t-il.

Josie avait raison. Il pourrait bien y perdre son travail et Lucie, mais il devait prendre le risque. Ce ne serait pas facile, mais il n'avait pas le choix.

— Appelle-moi quand tu auras une idée, dit-elle.

Il promit qu'il le ferait et sentit la peur s'emparer de lui.

— Bon, alors maintenant, j'aimerais bien que tu me racontes ce qui s'est passé au théâtre hier soir, poursuivit Josie, soucieuse de changer de sujet.

— La pièce était fantastique, encore meilleure que ce que j'avais imaginé, répondit Aren en souriant.

— Mais que s'est-il passé ? Ils n'arrêtaient pas d'en parler aux infos ce matin.

— Aux infos ?

— Aren, mon Dieu, mais tu y étais ! Tu as bien dû voir.

Mais de quoi parlait-elle ?

— Les acteurs ont été interviewés et ils ont raconté une histoire incroyable. Ils jouaient la pièce comme d'habitude et soudain, ils ont été soulevés dans les airs pendant plusieurs minutes.

Aren s'en souvenait, naturellement. Lucie et lui s'étaient même étonnés de ne pas voir les fils maintenant les acteurs en l'air.

— Tu veux dire que ce n'était pas prévu ? demanda-t-il.

— Non et certains acteurs ont aussi dit qu'ils avaient entendu d'autres voix chanter avec eux.

— Les chants étaient absolument extraordinaires, reconnut Aren.

— Les critiques disent que cette histoire a été montée de toutes pièces pour faire de la publicité au spectacle, répondit Josie. Si c'est le cas, ils ont réussi leur coup. Ils ne parlaient que de ça à la radio, ce matin. Et je pense qu'ils ont raison. Cette histoire est complètement tirée par les cheveux, c'est forcément un coup médiatique. Enfin, comment expliquer autrement un chameau se baladant le long de Broadway ?

— Le chameau s'est échappé ? répéta Aren, ébahi.

Il n'en croyait pas ses oreilles et n'en avait pas entendu parler.

— Aren, franchement, sur quelle planète vis-tu ? Toute cette histoire avec Lucie t'a embrouillé l'esprit.

Il devait bien le reconnaître, sa sœur avait raison : il ne tournait pas rond. Il ne pensait qu'à Lucie et à sa peur de la perdre si rapidement après l'avoir retrouvée.

Arrivés à la station de métro, leurs chemins se séparèrent.

Aren passa la majeure partie de sa journée à rédiger un article sur le restaurant de la veille. Puis, parce qu'il avait assisté à la représentation des *Anges de Noël* dont tout le monde parlait, on lui demanda d'écrire un court récit des incidents étranges auxquels il avait assisté sans le savoir, article qui devait paraître dans l'édition du soir. La critique du restaurant lui prit pas mal de temps. Il y plaça volontairement les commentaires de Lucie sur le dîner. En lisant la critique d'Eaton Well, elle saurait qui se cachait derrière ce nom de plume et ils pourraient enfin en parler librement. Si elle le détestait, eh bien au moins ils se sépareraient avant de s'être trop attachés l'un à l'autre. Une fois l'article terminé, il le donna à sa rédactrice en chef, qui en fit des commentaires élogieux.

De son bureau, il prit le métro jusqu'à Brooklyn. Le ciel était sombre et gris, il avait neigé par intermittence toute la journée et le paysage était recouvert d'une bonne couche blanche. À cette heure-là, les enfants étaient déjà sortis de l'école et de nombreux bonshommes de neige parsemaient les rues et les trottoirs. Il marcha tranquillement jusqu'à *De Divins Délices.* Normalement, il aurait pris un taxi, mais il avait besoin de marcher pour réfléchir et s'éclaircir les idées.

Le restaurant venait tout juste d'ouvrir quand il poussa la porte. En le voyant entrer, Wendy Ferrara lui adressa un grand sourire.

— Aren, ça me fait plaisir de vous revoir, dit-elle en l'embrassant sur la joue, comme s'il faisait déjà partie de sa famille. Lucie a passé une merveilleuse soirée avec vous hier, elle ne cessait d'en parler ce matin.

— J'ai passé un excellent moment, moi aussi, répondit-il.

— Asseyez-vous, je vais vous chercher une tasse de café pour vous réchauffer. Vous devez être transi, dit-elle en le guidant vers une table.

Avant que Aren ait eu le temps de protester, Wendy était déjà partie en direction de la cuisine.

Aren s'assit et regarda autour de lui. Depuis sa dernière visite, le restaurant avait été décoré pour les fêtes de fin d'année. Chaque table était ornée d'une branche de houx enroulée autour d'une bougie ronde et de serviettes vertes et rouges. Une guirlande argentée agrémentait le pupitre de l'hôtesse juste à côté de la porte d'entrée et deux grosses boules de verre étaient suspendues au-dessus, sur lesquelles étaient imprimés les prénoms de Wendy et Lucie. Une seconde guirlande décorait la vitrine, ainsi que des boules identiques portant les prénoms des autres employés du restaurant.

Wendy revint quelques instants plus tard, lui apportant une tasse de café fumante.

— Lucie est sortie faire une petite course. Je pense qu'elle n'en a que pour quelques minutes. Je suis désolée, elle a dû oublier que vous alliez passer.

— Non, elle n'en savait rien, je suis venu sans prévenir, expliqua-t-il.

— Ah, d'accord ! Vous lui plaisez beaucoup, vous savez…

— J'apprécie énormément Lucie, moi aussi.

— Puis-je vous offrir quelque chose à manger ? demanda Wendy.

— Non merci. Je suis juste passé dire un mot à Lucie, je n'ai pas beaucoup de temps.

— Dans ce cas, je vous prépare un dîner à emporter.

Aren leva la main en signe de protestation.

— S'il vous plaît, madame Ferrara, ce n'est pas la peine…

— Si, si, j'insiste !

Il n'eut pas le temps de protester car Wendy était déjà retournée en cuisine. Elle revint quelques minutes plus tard, lui apportant un grand sac en papier. À en juger par sa taille, il aurait suffisamment de nourriture pour toute une semaine.

— J'ai appelé Lucie, elle arrive. Elle m'a demandé de vous garder ici coûte que coûte jusqu'à son retour !

***

— Que va-t-il se passer, maintenant ? demanda Will d'un air inquiet. Quand Lucie apprendra que c'est Aren qui a écrit cette mauvaise critique, ça va lui briser le cœur.

— C'est à peu près sûr et à sa place, je réagirais pareil, répondit Shirley. Il doit bien y avoir quelque chose à faire pour les aider.

— Nous ne pouvons pas nous mêler de leur relation, la gronda Goodness avec un regard appuyé. Gabriel ne serait pas d'accord.

— Il ne serait certainement pas d'accord non plus pour que tu kidnappes un chameau, mais ça ne t'a pas empêchée de le faire, lui rappela Mercy.

Goodness eut au moins le bon goût d'avoir l'air embarrassée.

— J'ai momentanément perdu la raison, se justifia-t-elle. Mais… quelqu'un a-t-il eu des nouvelles de Gabriel ?

— Non, et ne parle pas trop fort, s'il te plaît. Je ne voudrais pas qu'il nous entende.

Mercy regarda autour d'elle avec inquiétude. Elle était sûre que Gabriel pouvait apparaître à tout moment et les bannir de la Terre à jamais.

— Je vous propose d'arrêter les bêtises, d'accord ?

— Si nous y arrivons, murmura Goodness en regardant par-dessus son épaule.

— Et Aren, et Lucie ? Que va-t-il se passer pour eux ? répéta Will d'un air impatient.

— Nous ne le saurons que lorsque Lucie aura lu le nouvel article de Aren, répondit Mercy.

Elle s'inquiétait tout autant que Will pour le jeune couple, mais leur destin était entre les mains de Dieu.

Les quatre anges flottaient dans la salle du restaurant, attendant le retour de Lucie. Mercy remarqua que les tables se remplissaient rapidement. Lorsque Lucie se précipita dans la cuisine, elle fut immédiatement inondée de commandes.

— Aren va-t-il lui parler ? demanda Will.

— On dirait qu'il a envie d'essayer, répondit Mercy, observant la scène de près tandis que Aren allait rejoindre Lucie en cuisine.

***

Aren suivit Lucie dans la cuisine où la jeune chef s'affairait. Il avait du mal à la suivre tant elle allait vite. Il se demanda comment elle arrivait à faire tant de choses dans un lieu si petit, avec deux employés filant d'un côté et de l'autre de la pièce.

— Je suis contente de te voir, dit-elle en remuant des champignons dans une poêle.

Elle s'arrêta juste assez longtemps pour lui sourire d'un air radieux.

— Merci encore pour cette merveilleuse soirée, ajouta-t-elle. J'en ai aimé chaque minute.

Aren prit son courage à deux mains.

— Je sais que ce n'est pas le meilleur moment pour discuter mais…

À peine les mots eurent-ils quitté ses lèvres que Lucie s'était déjà retournée vers le réfrigérateur pour l'ouvrir. Il s'écarta pour la laisser passer et prendre ce dont elle avait besoin avant de retourner à ses fourneaux.

— J'espérais que tu aurais quelques minutes à m'accorder, dit-il.

Il avait l'intention de lui parler de son article et de lui demander de ne pas le lire avant qu'ils aient l'occasion d'être ensemble.

— Oh, Aren, j'aimerais tant mais comme tu le vois, je suis très occupée…

Une fois de plus, Lucie repartit dans une autre direction comme une flèche et Aren dut lever les bras au-dessus de sa tête pour la laisser passer. Son plan avait échoué, il ne réussirait pas à lui parler sérieusement ce soir-là.

— Ça ne peut pas attendre dimanche ? demanda-t-elle.

— Euh… si, bien sûr.

Son article devait paraître dans le journal du samedi.

— Parfait.

— Excuse-moi d'être passé à l'improviste sans t'avoir appelée... J'aurais dû me douter que tu n'aurais pas de temps. Je te verrai dimanche.

— Dimanche, répéta Lucie. J'aurai plus de temps à t'accorder.

— D'accord, répondit Aren.

Mais en quittant la cuisine, il était frustré et découragé.

— Aren, attends une minute, appela Lucie.

Elle se précipita vers lui, plaça ses mains sur ses épaules et déposa un tendre baiser sur ses lèvres. Ce baiser, Aren le sentit dans tout son corps, du sommet du crâne jusqu'à la pointe des orteils et, lorsqu'elle relâcha son étreinte, il faillit perdre l'équilibre.

— J'espère que cela te permettra de tenir jusqu'à dimanche ? demanda-t-elle avec un sourire malicieux.

Aren s'éclaircit la gorge pour retrouver l'usage de la parole.

— Je pense que oui.

— Super !

Il ne pensa à rien d'autre qu'à ce baiser sur le trajet de retour jusqu'à Manhattan. Une fois là-bas, il avait de nouveau les idées claires. Le vibreur de son téléphone portable l'informa qu'il avait un message. Sans même le lire, Aren savait qu'il provenait de Josie.

Alors ?

Connaissant sa sœur, il savait qu'elle avait passé la journée à attendre qu'il lui dise ce qu'il comptait faire pour régler cette situation compliquée.

J'ai écrit la critique du restaurant où nous sommes allés après la pièce et j'ai utilisé ses commentaires. Elle saura qui je suis dès l'instant où elle ouvrira le journal.

La réponse de sa sœur ne se fit pas attendre.

Es-tu prêt à en assumer les conséquences, quelles qu'elles soient ?

Je crois, répondit-il.

Moins de cinq secondes après avoir envoyé son message, il reçut une autre réponse.

Je croise les doigts pour toi.

Dîne avec moi ce soir et je t'expliquerai tout. La mère de Lucie m'a donné un dîner à emporter, répondit-il.

La réponse de sa sœur arriva rapidement.

Ça a intérêt à valoir le coup.

Aren sourit et s'empressa de répondre.

Le dîner ou ce que je vais te raconter ?

Les deux mon capitaine !

11

Le samedi après-midi, Lucie attrapa son téléphone portable pour appeler Aren. Il répondit au bout de trois sonneries.

— Ici Aren.

— Que fais-tu ? Tu es occupé ?

— Lucie ?

Il avait l'air à la fois surpris et heureux de l'entendre.

— Oui, c'est moi.

— Qu'est-ce que je fais ? Rien de spécial. J'ai fini ma lessive et le ménage de mon appartement. Je garde tout ça pour le week-end quand j'ai du temps libre. Je te vois toujours demain soir ?

— J'y compte bien !

— M'appelais-tu pour une raison spéciale ?

— Accepterais-tu de travailler pour gagner ton dîner ? demanda-t-elle.

— Euh… Bien sûr. Que veux-tu dire ?

— Retrouve-moi dans une demi-heure, répondit-elle avant de lui donner l'adresse.

— Tu n'es pas au restaurant ?

— Non, j'irai plus tard. Je pensais à autre chose. Quelque chose de spécial.

— Spécial ? Veux-tu me donner un indice ?

— Non. C'est une surprise. Tu m'as offert une soirée si merveilleuse que je voulais te rendre la pareille.

— Et le dîner de dimanche alors ?

– Non, c'est autre chose… Ma mère est avec moi, alors ne sois pas en retard.

— Je pars tout de suite, répondit Aren en riant.

Lucie raccrocha, souriante.

— As-tu réussi à le joindre ? demanda Wendy en nouant son tablier autour de sa taille.

Le repas était quasiment prêt à être servi. Deux cent cinquante repas, pour être précis. Un rôti de bœuf, de la purée de pommes de terre avec de la sauce, des haricots verts et des petits pains tout chauds sortant du four et, pour finir, du gâteau au chocolat.

— Aren est en chemin, il sera bientôt là.

— Lui as-tu dit que c'était pour la soupe populaire ?

Lucie tenta de masquer son sourire.

— J'ai peut-être oublié de le lui préciser !

Elle retourna à la cuisine de l'Armée du Salut et apporta les dernières touches à la sauce. Quelques minutes plus tard, les portes s'ouvriraient et les sans-abri arriveraient, nombreux. Une fois qu'ils auraient pris un plateau et une assiette, Wendy, Lucie et Aren leur serviraient leur repas, les uns après les autres. Wendy se chargerait de servir la viande et la purée, Aren les légumes et la sauce, et

Lucie terminerait avec le pain et une part de gâteau. Les boissons étaient disposées sur un buffet et les employés s'occuperaient de garder le café, le lait et l'eau à disposition.

D'aussi loin que Lucie s'en souvienne, elle et sa mère avaient toujours été bénévoles à l'Armée du Salut à cette période de l'année. Elle aurait juste assez de temps pour y servir le dîner avant de filer à *De Divins Délices*. Sa journée avait commencé aux aurores et elle avait passé la matinée à faire de la pâtisserie et à prévoir le menu du soir. Elle avait tant de choses à faire qu'elle ne savait plus où donner de la tête quand Jazmine l'avait appelée pour la prévenir qu'elle avait la grippe, ce qui signifiait que Lucie et sa mère seraient seules pour servir le dîner. Lucie avait immédiatement pensé à Aren pour qu'il vienne les aider.

— Je peux finir de tout préparer, dit Wendy. Si Aren ne sait pas où il va, il pensera qu'il s'est trompé d'adresse en arrivant.

— Tu crois que je devrais aller l'attendre dehors ? demanda Lucie.

— Oui, ma chérie, sinon il risque de repartir.

Sa mère avait raison, comme toujours. Elle enfila son manteau à la hâte et sortit dans le froid et le vent de cette fin d'après-midi. Le ciel, sombre et couvert, promettait de nouvelles chutes de neige. Cela ne dérangeait pas Lucie, bien au contraire. La neige ne rendait les fêtes de Noël que plus belles.

En faisant les cent pas sur le trottoir, Lucie pensa à tous ces hommes et femmes qui n'avaient nulle part où dormir et devraient passer la nuit dans le froid. Au moins, ce soir-là, auraient-ils un repas chaud et copieux dans le ventre.

Un taxi s'arrêta de l'autre côté de la rue et Aren en sortit, les sourcils froncés, regardant autour de lui d'un air étonné. Il baissa la tête pour lire un morceau de papier qu'il tenait à la main. Wendy avait raison, il pensait s'être trompé d'adresse.

— Aren ! appela Lucie en lui faisant un grand signe de la main pour attirer son attention, tout en resserrant son manteau autour de son cou.

Dès qu'il la vit, son visage s'éclaira d'un large sourire et il traversa la rue en courant.

— Où sommes-nous ? demanda-t-il.

— C'est un abri de l'Armée du Salut pour les SDF, répondit-elle. Ma mère et moi sommes bénévoles et il manquait une personne pour nous aider. Ça ne te dérange pas ?

— Non, bien au contraire... Est-ce que nous aurons le temps de parler ensuite ?

— Oh, Aren, je suis désolée mais je ne peux pas. Je devrai retourner immédiatement au restaurant.

Il soupira.

— As-tu lu le journal, ce matin ? demanda-t-il d'un air inquiet.

— Non.

Elle n'en avait pas eu le temps. Mais si Aren lui posait cette question, il ne pouvait y avoir qu'une seule raison.

— Le journal a-t-il enfin publié un de tes articles ? s'écria-t-elle joyeusement. Oh, Aren, c'est formidable ! Tu dois être aux anges. J'en achèterai un exemplaire dès que je le pourrai, c'est promis.

Aren sembla hésiter un moment.

— En fait, je préférerais que tu attendes. Discutons avant que tu aies lu mon article, d'accord ?

***

— Que peut-il bien y avoir dans ce journal ? demanda Will en suivant le couple dans le local de l'Armée du Salut.

— Je ne sais pas, répondit Shirley qui l'accompagnait.

Goodness et Mercy étaient déjà à l'intérieur et Goodness se trouvait au fond de la pièce avec un journal étalé sur l'une des tables.

— Oh non, s'écria-t-elle en plaquant une main sur sa bouche d'un air horrifié.

— Qu'est-ce que c'est ? demanda Will en s'approchant d'elle.

— C'est la critique de Aren, expliqua Goodness. Celle du restaurant où Lucie et lui ont dîné jeudi soir, après la pièce de théâtre.

— Et ?

— Oh non !

— Quoi ? Quoi ? demanda Mercy en se précipitant vers eux.

Mais les trois autres anges se pressaient déjà autour de la table et elle ne voyait même pas le journal.

— On dirait presque que Aren a enregistré leur conversation !

— Qu'a-t-il écrit ? demanda Mercy.

— Il a pratiquement cité chaque mot que Lucie a prononcé au cours du dîner. Dès qu'elle lira l'article, elle saura que lui et Eaton Well ne font qu'un.

— C'est donc pour cette raison qu'il veut lui parler avant qu'elle ouvre le journal. Mais pourquoi a-t-il fait une chose pareille ?

— Je n'en ai pas la moindre idée.

Un ange passa. Aucun d'eux ne savait que dire ou que penser. La situation allait de mal en pis. Cette découverte serait évidemment un désastre pour cette relation naissante.

— Notre devoir est de nous assurer que Lucie ne lise pas cet article, lança Mercy.

— Que pouvons-nous faire ? s'interrogea Shirley, les ailes tombantes. Nous avons promis à Gabriel de ne plus nous mêler de cette histoire. Il le saura immédiatement.

Mercy ne voyait pas vraiment où était le problème, étant donné qu'ils avaient déjà largement dépassé les bornes le soir de la pièce. Elle était même étonnée qu'ils n'aient pas encore été convoqués.

— Ne pensez-vous pas qu'il est trop tard pour nous inquiéter de cela maintenant… après ce qui s'est passé au théâtre l'autre soir ? demanda-t-elle.

— Bon d'accord, fit Goodness, je sais que tout le monde m'en veut pour ce qui s'est passé avec le chameau. J'admets que la situation m'a échappé. Mais je n'ai rien fait pour influer sur les sentiments que Aren et Lucie éprouvent l'un pour l'autre.

— Moi non plus, affirma Shirley. Tout ce que j'ai fait, c'était sur la scène.

— C'est vrai, approuva Mercy que cette pensée rassurait quelque peu.

— Cela n'empêche pas que nous devons être très prudents, dit Shirley d'un air déterminé. Nous ne devons pas intervenir, certes, mais nous ne voulons pas que Lucie découvre quoi que ce soit avant que Aren ait eu l'occasion de tout lui expliquer.

— Ce qui veut dire qu'elle ne doit pas lire l'article.

— Elle serait absolument bouleversée si elle apprenait de cette manière qui est vraiment Eaton Well, dit Will.

— Nous sommes donc tous d'accord. Nous prendrons toutes les mesures nécessaires pour éviter que cet article ne tombe entre les mains de Lucie.

— Mais seulement le journal, ajouta Shirley. Nous ne nous mêlerons de rien d'autre.

— D'accord, répondirent ses comparses à tour de rôle.

— Cela laissera la chance à Aren de tout dire à Lucie dimanche. Mais si Lucie lui en veut après cela, que ferons-nous ? demanda Will.

— Alors elle lui en voudra.

— Mais… Et si… ?

— Nous ne pouvons pas contrôler le hasard, expliqua Mercy. Nous nous occuperons de sa réaction quand le moment sera venu.

— Étant donné que j'ai déjà modifié leur destin en me mêlant de leurs affaires… murmura Will qui s'en voulait toujours autant.

Shirley posa la main sur son bras dans un geste rassurant.

— C'était une erreur de débutant, arrête de te sentir coupable. Si tu connaissais certaines bêtises que Goodness et Mercy ont faites quand elles ont commencé à travailler en tant qu'émissaires…

— Nous faisons tous des erreurs, coupa Mercy. Même Shirley.

— Oh oui, j'ai fait des erreurs moi aussi, admit l'ancien ange gardien. Mais grâce à l'aide de mes amies ici présentes, tout s'est bien terminé.

— Nous allons arranger les choses, assura Goodness.

Et ils le feraient. Avec l'aide de Dieu, ils y parviendraient.

***

— Merci de nous avoir aidées, dit Lucie à Aren tandis qu'ils terminaient de ranger la cuisine.

Wendy finissait de laver les marmites, Aren vidait le lave-vaisselle et Lucie rangeait tout ce qu'ils avaient utilisé.

Les sans-abri étaient venus et repartis. Plusieurs d'entre eux avaient dit que c'était le meilleur repas qu'ils aient jamais mangé de toute leur vie.

— Est-ce que tu fais cela régulièrement ? demanda Aren.

Il avait l'air impressionné, ce qui fit très plaisir à Lucie, mais lorsqu'elle travaillait en tant que bénévole, elle avait toujours plus l'impression de recevoir que de donner.

— Notre famille fait ça chaque année depuis mon enfance. Mon père participait aussi. Ce n'était pas vraiment Noël si nous n'avions pas fait quelque chose pour aider les autres. C'était très important pour mes parents de nous apprendre à donner, à mon frère et moi.

— J'espère que vous n'êtes pas trop fatigué, dit Wendy.

— Non, répondit Aren en secouant la tête. Au contraire, je me sens très bien. Je devrais être épuisé, mais ce n'est pas le cas.

— Cela me fait le même effet, lui dit Lucie.

Voir les visages enjoués des hommes et femmes qui étaient venus faire la queue à l'Armée du Salut était pour elle une telle source de joie et d'inspiration qu'elle aurait aimé pouvoir faire plus, s'investir davantage encore pour aider les autres. Elle pensa à ses employés du restaurant et à tous ses amis avec une affection renouvelée. Elle pensa aussi à Aren, à quel point elle l'appréciait et combien elle était reconnaissante au destin de lui avoir permis de le retrouver.

— Lucie, tu ferais mieux d'y aller maintenant, ma chérie, sinon tu seras très en retard. Je finis ici et je te rejoins.

Sa mère avait raison. Sans même réfléchir, Lucie enlaça Aren. Il la serra dans ses bras pendant quelques instants avant de la relâcher à contrecœur.

— Merci encore, murmura-t-elle à son oreille. Je serai toujours reconnaissante de t'avoir rencontré.

— Toujours ? demanda-t-il d'une voix pressante.

Sa question semblait en contenir une autre, qu'elle ne comprenait pas.

— Oui, assura-t-elle d'un air surpris.

Lucie plongea son regard dans celui de Aren et y lut des doutes et des regrets. Cela la surprit mais malheureusement, elle n'avait pas le temps de lui demander ce qu'il éprouvait.

Wendy apporta à Lucie son bonnet, son manteau et son écharpe. Cette écharpe était sa préférée parce que sa mère la lui avait tricotée pour Noël deux ans auparavant. Après la mort de son mari, se plonger dans des ouvrages de tricot avait aidé Wendy à surmonter la douleur, et cette écharpe était la première qu'elle avait réussi à terminer après son veuvage.

— Je t'accompagne dehors, dit Aren.

— Oh oui, s'il vous plaît, fit Wendy. Ce n'est pas toujours facile de trouver un taxi dans ce quartier de la ville.

— Maman, ne t'inquiète pas…

— Je ne m'inquiète pas, mais je préfère que Aren t'accompagne. Allez, ouste !

Secouant la tête avec un petit sourire, Lucie enfila ses gants et prit son sac à main avant de rejoindre Aren. Elle voyait clair dans le jeu de sa mère. Ce n'était qu'une excuse pour accorder à Lucie un peu plus de temps avec Aren, et elle n'allait certainement pas s'en plaindre. Au contraire, chaque minute passée avec lui était une minute de gagnée.

Le crépuscule était tombé. Les lampadaires venaient de s'allumer. Lucie avait été si prise par le restaurant qu'elle n'avait pas vraiment réalisé que Noël approchait. Elle avait si peu de temps pour elle. Sa mère avait installé les décorations de Noël au restaurant, mais elles n'avaient pas encore acheté de sapin et elle ne s'était pas encore occupée de ses cadeaux.

— J'aimerais avoir plus de temps à passer avec toi, dit-elle à Aren tandis qu'ils marchaient jusqu'au croisement le plus proche.

— Lucie, ne t'en fais pas, c'est très bien comme ça.

— Il y a tant de choses que j'aimerais savoir sur toi !

Il descendit sur la chaussée pour héler un taxi. Le premier passa sans ralentir, mais le deuxième s'arrêta devant eux.

Aren ouvrit la portière et Lucie s'installa sur la banquette arrière.

— Je te verrai demain, dit-il en se baissant pour déposer un petit baiser sur ses lèvres.

— Je te préparerai un dîner que tu n'oublieras pas de sitôt.

— Tu n'as pas besoin de te donner tant de mal. La seule chose qui compte pour moi, c'est d'être avec toi.

Lucie ressentait exactement la même chose. Ils auraient toute la soirée à passer ensemble et cette promesse l'emplissait de bonheur.

Aren ferma la portière et recula. Elle lui fit un signe de la main et, comme à son habitude, posa sa main sur ses lèvres puis sur la vitre.

Après que Lucie eut donné l'adresse de *De Divins Délices* au chauffeur, le taxi démarra. C'est alors qu'elle remarqua un exemplaire du *New York Gazette* sur le siège à côté d'elle.

12

La panique s'empara de Mercy lorsqu'elle vit Lucie prendre l'édition du samedi du *New York Gazette* posé à côté d'elle dans le taxi.

— Vite, s'écria Goodness. Attrapez le journal !

Lucie tentait de prendre le journal mais celui-ci refusait de se décoller du siège, pour la bonne et simple raison que Will était assis dessus. Elle avait beau tirer, le journal restait là où il était.

— Ça ne marchera pas très longtemps, cria Shirley, elle aussi paniquée. Baisse la vitre et jette-le dehors.

Mercy se dépêcha de baisser la vitre et un courant d'air froid envahit le taxi.

Lucie poussa un cri de surprise et tendit le bras pour remonter la vitre.

— Eh, madame, on est en décembre, s'écria le chauffeur. Remontez la vitre avant qu'on gèle tous les deux !

— J'essaie… Mais la poignée est coincée.

Goodness attrapa le journal et le fit tournoyer, ce qui n'était pas facile étant donné le monde qu'il y avait dans la voiture, avec les quatre anges agglutinés sur le siège avant et la banquette arrière, en plus de Lucie et du chauffeur.

— Si vous jetez ce journal par la fenêtre, je vais avoir une amende. On n'a pas le droit de jeter des détritus sur la chaussée. C'est vous qui paierez l'amende, madame, je vous préviens !

— J'essaie de l'attraper, cria Lucie.

Mais chaque fois qu'elle était sur le point d'attraper le journal, Goodness l'éloignait au dernier moment.

— Jette-le, s'écria Mercy.

— Je ne veux pas qu'on jette des détritus dans la rue, hurla Shirley.

Elle roula le journal et le plaqua sur le sol. Lucie essaya de l'attraper mais, avant qu'elle y parvienne, Mercy saisit le journal et cria à son amie :

— Oh, pour l'amour du Ciel, jetons-le par la fenêtre une bonne fois pour toutes ! Nous pourrons revenir le ramasser plus tard.

— D'accord, d'accord.

Enfin, le journal fut jeté dehors, mais il atterrit… directement dans les pieds d'un policier. Celui-ci sauta immédiatement sur sa moto et les prit en chasse, sirène hurlante et gyrophare allumé.

— Qu'est-ce que je vous avais dit ? grommela le chauffeur. L'amende est pour vous, je n'ai rien à voir avec ça, moi !

— … Mais je n'ai rien fait, je vous le jure. Le journal s'est envolé tout seul.

— À mon avis, vous avez intérêt à trouver une meilleure excuse.

Le chauffeur s'arrêta et la moto se gara derrière le taxi. Le policier descendit de moto et marcha directement jusqu'à la portière du chauffeur. Jambes légèrement écartées, pouces fourrés dans la ceinture du pantalon, il attendit que le chauffeur baisse sa vitre. Celui-ci s'exécuta avec réticence.

— Bonjour, monsieur l'agent. Vous devez vous adresser à la passagère.

Morte de honte, Lucie se força à faire un petit sourire au policier.

— Joyeux Noël, dit-elle.

Le policier était grand et mince, et l'observait d'un air hostile.

— Voulez-vous m'expliquer ce qui s'est passé ? dit-il.

— Euh…

Lucie ne savait pas quoi lui dire.

— Jeter des détritus sur la voie publique est passible d'une lourde amende dans l'État de New York. Jeter un journal par la fenêtre contribue à salir la ville. En plus, ça peut être très dangereux. Ce journal aurait pu atterrir sur un pare-brise et aveugler un automobiliste.

— Monsieur l'agent, écoutez… Je pourrais inventer une excuse, mais je vais vous dire la vérité. Je voulais lire ce journal, mais il était collé au siège. Puis la vitre s'est baissée toute seule. Je n'ai rien fait, je n'étais même pas assise de ce côté-là. J'ai cru que le chauffeur avait appuyé sur un bouton sans le faire exprès, mais les vitres ne sont pas électriques. Puis, il a crié pour me demander de relever la vitre, mais elle refusait de bouger et le journal s'est mis à voler dans le taxi. Avant que j'aie eu le temps de l'attraper, il s'est envolé par la fenêtre.

— C'est tout ce que vous trouvez à raconter ?

— Oui, répondit-elle. Je vous jure que c'est la vérité.

— Et vous pensez vraiment que je vais croire que la vitre s'est baissée toute seule ?

— Je n'y ai pas touché, je vous assure !

Le policier la regarda en secouant la tête. Visiblement, il ne croyait pas un mot de ce qu'elle lui disait.

— Enfin, pensez-vous vraiment que j'aurais jeté quelque chose juste sous vos yeux ? lança Lucie.

— Madame, intervint le chauffeur. Mieux vaut ne pas trop discuter. Prenez l'amende et allons-nous en.

Le policier continuait à l'observer avec une hostilité évidente et Lucie ne savait plus comment se défendre.

— En plus, je souhaitais lire ce journal, ajouta-t-elle. Un de mes amis est journaliste et je voulais lire son article.

— Eh bien, vous avez de la chance parce que je vous l'ai gardé, répondit le policier.

Il tourna les talons et retourna à sa moto.

— Il vous ramène le journal et une amende, dit le chauffeur d'un air satisfait. Et c'est vous qui la paierez, je vous ai prévenue.

— Oui, j'ai bien compris, grommela Lucie.

Le policier revint et lui tendit le journal.

— S'il vous plaît, ayez pitié de moi, l'implora Lucie en joignant les mains dans un geste de prière.

C'était un accident, je vous promets que cela n'arrivera plus.

Le policier parut hésiter puis il hocha la tête.

— C'est bon pour cette fois, dit-il enfin. Mais assurez-vous que ce genre d' « accident » ne se reproduise pas, c'est compris ?

— C'est juré !

— Et remontez cette vitre, ordonna-t-il.

— J'ai essayé de le faire tout à l'heure, mais elle était coincée.

— Essayez encore.

Bien sûr, elle parvint à remonter la vitre sans le moindre effort. Lucie poussa un grognement qui exprimait toute sa frustration.

— J'imagine que vous devez croire que tout ce que je vous ai dit n'était qu'un tissu de mensonges et pourtant, tout était vrai.

— On peut y aller ? demanda le chauffeur, excédé.

— Allez-y, et plus de bêtises, hein ? dit le policier en regardant droit derrière Lucie.

Le chauffeur de taxi ne se le fit pas dire deux fois. Il démarra et accéléra dès que le policier eut disparu de son champ de vision, projetant Lucie contre le siège arrière.

***

Mercy poussa un long soupir et attrapa Shirley et Goodness par le bras.

— Savez-vous… qui… c'était ? balbutia-t-elle.

— Oui, répondit Will. C'était un policier.

— Non, répondit Mercy qui en tremblait encore. C'était Gabriel. Il m'a regardée droit dans les yeux.

— Gabriel ? s'exclama Goodness en plaquant une main sur sa bouche. Comment le sais-tu ?

— « Plus de bêtises »... Ce n'était pas à Lucie qu'il s'adressait, mais à nous.

— Il sait que nous sommes responsables des problèmes de Lucie.

— Le journal, le journal ! s'écria soudain Will. Lucie est en train de le lire.

Les trois anges poussèrent un cri. Will avait raison : Lucie tenait le journal et lisait la première page, à la recherche de la mention du nom de Aren.

— Oh non, murmura Will. Après tout ce que nous avons fait...

Mercy lui jeta un regard qui le fit taire sur-le-champ.

— Pas d'inquiétude, dit-elle. C'est le journal de vendredi.

— De vendredi ? Tu veux dire que nous nous sommes donné tant de mal pour éviter qu'elle lise le journal d'hier ? s'écria Shirley, horrifiée. Oh, je suis trop vieille pour toutes ces émotions, ajouta-t-elle en pressant une main sur son cœur.

— Ce n'était pas le journal de vendredi que nous avons jeté par la fenêtre, affirma Will. J'ai vu la date du journal avant de m'asseoir dessus et c'était celui d'aujourd'hui, je n'ai aucun doute là-dessus.

— Alors c'était vraiment Gabriel, murmura Shirley. J'ignorais qu'il intervenait sur Terre, lui aussi.

— Je l'ignorais tout comme toi... Je pense que c'est la première fois qu'il le fait, en tout cas que je sache, répondit Mercy. Vous savez ce que cela veut dire ? demanda-t-elle à ses collègues émissaires.

— Quoi ?

— Dis-nous !

— Cela veut dire que Gabriel ne veut pas que Lucie lise le journal avant que Aren ait eu le temps de lui parler. Il nous a donné sa permission tacite de faire tout notre possible pour que cela n'arrive pas.

— Gabriel ? répéta Goodness, encore sous le choc. Le crois-tu vraiment ?

— C'est la seule explication logique, sinon il nous aurait renvoyés au Ciel en moins de temps qu'il ne faut pour le dire.

— Il n'a peut-être pas dit son dernier mot, conclut Goodness.

***

Le taxi s'arrêta devant *De Divins Délices* et Lucie paya le chauffeur avant de sortir. Elle s'arrêta sur le trottoir devant le restaurant, parut hésiter et regarda un peu plus loin dans la rue. Le regard de Mercy suivit celui de Lucie et elle ne put retenir un nouveau cri d'horreur.

— Qu'y a-t-il ? demanda Goodness.

— Un distributeur automatique de journaux, s'exclama Mercy qui sortit du taxi en trombe.

Goodness et Will étaient sur ses talons.

— Ne partez pas sans moi, cria Shirley avant de les suivre.

Lucie était devant le distributeur, elle ouvrit son sac pour en sortir son porte-monnaie.

— Que fait-on ? demanda Will, pris de panique.

— Pas de problème, répondit Mercy.

Elle s'assit sur le distributeur et croisa les jambes. Il ne s'ouvrirait pas.

Lucie inséra la monnaie dans la fente et tenta d'ouvrir la boîte mais, avec Mercy assise dessus, c'était impossible. Elle essaya plus fort, mais rien n'y fit.

Mercy croisa les bras d'un air satisfait.

Lucie, qui commençait à s'énerver, donna un coup de pied dans le distributeur et Mercy fut projetée au sol. Heureusement, Will réagit à temps et referma le couvercle.

Lucie fit deux pas en arrière. La confusion se lisait clairement sur son visage. L'énervement fit place à la détermination et elle essaya de nouveau mais Will tint bon et le couvercle refusa de bouger.

Un autre taxi s'arrêta devant l'entrée du restaurant et Wendy en sortit. En voyant sa fille un peu plus loin, Wendy resta pour l'attendre devant la porte du restaurant, tandis que Lucie essayait encore d'ouvrir le distributeur de journaux.

— Lucie ?

Lucie se retourna et vit sa mère qui l'attendait devant *De Divins Délices.*

— Je pensais que tu serais arrivée depuis longtemps, dit Wendy qui était venue la rejoindre. Tu es pourtant partie bien avant moi.

— Maman, tu ne croiras jamais ce qui m'est arrivé ! Je voulais lire l'article de Aren, mais cette… chose refuse de s'ouvrir.

— As-tu mis la monnaie exacte ?

— Oui, mais le couvercle refuse de s'ouvrir.

— Oh, que c'est énervant…

— Le plus bizarre, c'est qu'il s'est ouvert brièvement, mais il s'est refermé aussitôt. Franchement, j'ai l'impression de perdre la tête. Il m'est aussi arrivé quelque chose d'étrange dans le taxi.

— Allez, viens, tu me raconteras tout ça plus tard quand nous aurons le temps. Le restaurant nous attend.

Lucie hésita, donna un dernier coup de pied au distributeur et suivit sa mère.

— Je suis sûre que quelqu'un aura laissé un journal à l'intérieur, disait Wendy. Tu sais que les gens les abandonnent toujours.

— Je dois avoir l'air d'une folle, mais j'ai l'impression que les éléments se liguent contre moi, dit Lucie en secouant la tête.

Dès qu'elles furent entrées dans le restaurant, Shirley poussa un long soupir de soulagement.

— Nous avons évité le désastre de peu.

Mercy n'écoutait pas son amie, elle s'inquiétait déjà de la suite des événements.

— Will, va à l'intérieur et assure-toi qu'aucun journal d'aujourd'hui ne traîne dans le restaurant.

— Je m'en occupe, répondit-il en partant à toute vitesse.

— Je vais l'aider, ajouta Goodness en suivant le jeune ange.

— Shirley ? demanda Mercy, inquiète de voir tout à coup son amie toute pâle. Veux-tu retourner au Ciel ?

L'ancien ange gardien ouvrit de grands yeux surpris.

— Quoi ? Et rater toute cette histoire ? Certainement pas !

Mercy sourit. Elle reconnaissait bien là Shirley.

— En plus, je n'ai pas très envie d'affronter Gabriel toute seule.

Son amie ne pouvait certainement pas lui en vouloir, à sa place, elle aurait éprouvé la même chose. Elles allèrent donc toutes deux rejoindre Goodness et Will. Mercy fut étonnée de voir que le restaurant était déjà plein si tôt dans la soirée. Lucie et sa mère avaient de quoi se réjouir.

Quelques minutes plus tard, elle entendit Wendy annoncer fièrement à Lucie :

— Toutes les tables sont réservées et il y a plusieurs personnes sur la liste d'attente.

Lucie releva la tête. Catherine, qui avait étudié à l'école de cuisine avec Lucie et Jazmine et la remplaçait de temps à autre quand elle était en congé, sourit également.

— Cette critique négative t'a peut-être finalement fait plus de bien que de mal, dit-elle.

— Certainement pas, répondit Lucie, les sourcils froncés.

— Toutes les tables sont réservées, Lucie. Que veux-tu de plus ?

— Tu as raison. Mais même si cette critique odieuse ne nous a pas ruinées – grâce à nos formidables clients – je ne pardonnerai jamais à cet Eaton Well ce qu'il a écrit.

— Lucie, ça ne te ressemble pas, dit Wendy, surprise.

— Maman, son article, c'était de la méchanceté gratuite. On aurait dit qu'il prenait du plaisir à écrire des choses aussi cruelles et à détruire la réputation d'un chef. Ma réputation !

— Mais tu connais les critiques ! protesta Wendy. C'est leur travail d'être méchant.

— Eh bien moi, ça ne m'amuse pas. Faire rire les lecteurs aux dépens des autres… Ne comprennent-ils pas qu'ils jouent avec la vie des gens ?

— Oh Lucie, il faut savoir pardonner, dit Wendy.

— Non, pas cette fois. Je suis désolée, mais c'est au-dessus de mes forces…

Effarée, Mercy se tourna vers ses amis.

— Vous avez entendu ? s'exclama-t-elle.

Les trois anges hochèrent la tête, bouche bée.

— Nous savons ce qu'il nous reste à faire, murmura Goodness.

— Oh que oui ! répondit Will.

13

Aren regardait la télé lorsque son téléphone sonna. Avant de répondre, il vit que c'était sa sœur Josie.

— Ça te dirait d'aller au ciné ? lui proposa-t-elle.

— Merci, mais non. Je suis épuisé.

— Épuisé ? Mais je croyais que tu avais prévu de passer tranquillement la journée chez toi ?

— Non, Lucie m'a appelé pour me demander de lui donner un coup de main.

— Un coup de main ? Pour quoi faire ?

— Si je te le disais, tu ne me croirais pas.

— Étonne-moi, répondit Josie d'une voix amusée.

— Nous avons servi deux cent cinquante repas pour des sans-abri à l'Armée du Salut.

— Tu as fait ça ? s'exclama-t-elle sans prendre la peine de dissimuler sa surprise.

— Oui ! Ce n'est pas la peine d'être aussi étonnée !

— Mais tu n'as jamais rien fait de pareil dans ta vie.

Sa sœur avait raison. Il se contentait généralement de donner quelques dollars à un organisme de charité aux alentours de Noël et jusque-là, ce geste de solidarité lui avait suffi.

— Lucie et sa mère sont bénévoles là-bas tous les ans, dit-il.

— Vraiment ? répondit Josie, admirative. Comment ça s'est passé ?

Aren s'installa confortablement sur son canapé et posa ses pieds sur un pouf. Il se frotta les yeux de fatigue, mais à l'intérieur, il se sentait très bien.

— La vérité, c'est que si Lucie m'avait dit ce que j'allais faire, j'aurais sûrement trouvé une excuse pour ne pas y aller. J'ai de la peine pour les gens qui vivent dans la rue, mais ça ne va pas plus loin que cela.

— Oui, c'est un peu pareil pour moi.

— C'est un si gros problème qu'on ne sait pas quoi faire à soi tout seul.

— Tout à fait, répondit Josie.

— Eh bien, maintenant, je sais. Il y a plein de choses à faire. Je peux servir deux cent cinquante repas à des SDF, je peux sourire et leur souhaiter un joyeux Noël. Et je peux passer de table en table et demander si quelqu'un veut quelque chose à boire.

— Tu as fait tout ça ?

— Oui, et j'ai aussi aidé à débarrasser les tables, à remplir le lave-vaisselle et à tout préparer pour le repas suivant. Je suis fatigué, mais je me sens aussi très bien.

— Waouh ! Et Lucie fait ça tous les ans ?

— Oui, c'est une tradition dans sa famille. Ils font du bénévolat tous les ans au mois de décembre.

Lucie et sa mère ont tout cuisiné et, comme si ça ne suffisait pas, Lucie a dû retourner directement au restaurant pour le service du soir.

— Tu veux dire qu'elle a fait tout un service après avoir passé l'après-midi à l'Armée du Salut ? s'exclama Josie.

— Oui.

Sa sœur resta un moment silencieuse. Elle semblait hésiter à ajouter quelque chose.

— Elle a quelque chose de spécial, cette fille, non ? finit-elle par dire.

Aren, lui, n'avait pas besoin d'hésiter. Après l'échec de son mariage, il n'avait pas osé prendre le risque de s'investir dans une nouvelle relation amoureuse. Katie, son ex-femme, avait renoué avec l'un de ses anciens amants. Mais ce qui lui avait fait le plus de mal, en plus du fait qu'elle l'ait trompé, c'était la manière dont il avait découvert sa liaison. Il avait en effet trouvé Katie au lit avec son amant… dans *leur* maison et dans le lit qu'il avait partagé avec sa femme pendant leurs années de vie commune. Ce qui s'était passé ensuite, Aren ne l'oublierait jamais. Il avait demandé le divorce presque immédiatement et la vérité, c'était que Katie avait l'air heureuse et soulagée de mettre un terme à leur mariage.

— Je sais combien tu apprécies Lucie, continua Josie.

Aren ne pouvait le nier.

— J'ai enfin trouvé la femme que j'espérais rencontrer. Lucie me donne l'espoir de pouvoir un jour retomber amoureux. Grâce à elle, je sais que je pourrai de nouveau faire confiance à une femme.

Josie poussa un long soupir.

— Katie t'a vraiment fait souffrir, hein ?

— On peut dire ça.

— Mais Aren, Lucie ne connaît pas toute la vérité à ton sujet.

C'était le dernier obstacle qu'il devait surmonter. Avec un peu de chance, il parviendrait à tout lui dire le lendemain, soit avant, soit après le dîner.

— Elle le saura bien assez tôt et j'espère qu'elle réussira à me pardonner cette critique désastreuse.

— Je me demande bien ce qui s'est passé ce soir-là au restaurant, dit Josie.

— Je n'en ai pas la moindre idée.

— Elle n'a pas lu le nouvel article de Eaton Well dans le journal d'aujourd'hui, j'espère ?

— Non, heureusement.

— Je ne comprends pas, je croyais que ton article devait paraître seulement la semaine prochaine ?

— Moi aussi. Mais Sandy Markus a décidé de le mettre à côté de ce que j'ai écrit sur ce qui s'est passé au théâtre l'autre soir, étant donné que je précisais dans l'article que nous étions allés dans ce restaurant après avoir vu la pièce.

— Elle aurait quand même pu te prévenir.

— Sandy ? répondit Aren en éclatant de rire. Elle a un journal à faire sortir tous les jours, alors je peux te dire que ce qui se produit dans ma vie privée à cause de la parution de l'un de mes articles ne l'intéresse pas le moins du monde. Pour elle, je devrais déjà être content qu'elle m'ait donné un travail. Et je le suis, crois-moi. C'est une opportunité formidable pour moi.

Josie se tut un moment puis elle reprit :

— Tu es sûr que je ne peux pas te convaincre d'aller au cinéma ?

— Pas ce soir, sœurette, désolé.

— Tant pis, j'irai toute seule alors…

Josie avait l'air un peu déprimée. Ces derniers temps, elle mentionnait rarement Jack mais Aren savait qu'elle avait toujours du mal à se remettre de leur rupture, même si celle-ci avait eu lieu plusieurs mois auparavant.

— Et si tu proposais à l'une de tes amies de t'accompagner ?

— En plein mois de décembre ? Tout le monde est occupé à faire des courses ou en famille. Ah, c'est dur d'être une femme célibataire !

— As-tu eu des nouvelles de Jack ? demanda Aren.

Un silence gêné s'ensuivit.

— Non, jamais, dit-elle brièvement.

Puis, Josie s'empressa de changer de sujet. Rencontrer quelqu'un d'autre ne semblait pas l'intéresser pour l'instant. Jack était encore un sujet sensible pour elle et Aren regrettait de l'avoir questionnée à son sujet.

Leur conversation prit fin peu après et Aren se fit réchauffer un bol de soupe en conserve suivi d'un sandwich au beurre de cacahuètes et à la confiture. Il ne pouvait s'empêcher de penser à Lucie. La pauvre devait être exténuée ! Il décida de la rappeler le lendemain matin pour lui proposer de l'emmener dîner dans un restaurant et lui éviter ainsi de cuisiner. Elle avait bien mérité de se reposer. Aren espérait qu'ils auraient suffisamment de temps pour parler de son article et de son rôle au journal.

Il était 23 heures passées et Aren regardait une chaîne d'informations quand on sonna à sa porte.

Il pensa immédiatement à Lucie mais ce n'était pas elle qui se tenait sur le palier. Josie, très pâle, avait l'air absolument bouleversée.

— Salut. Tout va bien ?

Elle ignora sa question.

— Est-ce que je peux entrer une minute ?

— Bien sûr !

Il s'écarta pour laisser entrer sa sœur et referma la porte derrière elle.

Josie se laissa tomber sur le canapé puis se redressa pour s'asseoir au bord. Elle sortit de sa poche un vieux mouchoir en papier qu'elle se mit à déchirer en tout petits morceaux.

— Waouh, ce film devait être sacrément triste, dit Aren, tentant de la faire rire.

— Je... Je ne suis pas allée au cinéma.

— Pourquoi ?

Au lieu de répondre, Josie sortit un autre mouchoir de son sac à main et le tapota aux coins de ses yeux avant de se moucher. Elle se redressa et rejeta les épaules en arrière.

— Devine qui j'ai rencontré ? demanda-t-elle d'un ton qui se voulait désinvolte.

— J'imagine que ce n'était pas le Père Noël ni ses elfes.

Elle lui lança un regard noir.

— Non. J'ai vu Jack. Heureusement, je ne crois pas qu'il m'ait vue.

— Jack qui ?

— Tu n'es pas drôle, Aren. Ce n'est pas le moment de rigoler. Tu ne vois pas que je suis bouleversée ?

— D'accord, d'accord. Excuse-moi. Alors tu as vu Jack.

— Et il n'était pas seul, ajouta-t-elle.

Josie se tenait très droite. Aren connaissait bien sa sœur et savait qu'elle avait beaucoup de fierté.

— Jack était avec une autre femme ?

Pauvre Josie ! Cela avait dû être terrible pour elle.

Elle hocha la tête et relâcha ses épaules, puis prit un autre mouchoir.

— Ils riaient, ils avaient l'air de s'amuser et de passer un très bon moment et moi, j'étais là, toute seule, à faire la queue au cinéma.

— Oh, Josie, je suis désolé.

Aren regrettait de ne pas l'avoir accompagnée. S'il avait été là, au moins, il aurait pu la soutenir.

— Je me sens trop bête, dit-elle, se prenant le visage entre les mains.

Aren alla s'asseoir à côté d'elle et lui caressa le bras.

— Tu sais que c'est faux.

— Peut-être, mais c'est ce que je ressens. Je me sentais si seule et malheureuse, alors que Jack…

— Jack est passé à autre chose, conclut Aren.

— On peut le dire, répondit Josie qui se força à rire.

— Comment était-elle ? Jolie ?

Sa sœur lui envoya un regard qui aurait fait fondre de la kryptonite.

— À ton avis ?

— Je prends ça pour un oui, murmura-t-il, le cœur brisé pour sa sœur.

Ils se turent quelques instants.

— Je suis désolé pour toi, sœurette. Est-ce que je peux te servir quelque chose à boire ?

— Qu'est-ce que tu as à me proposer ? demanda Josie en levant la tête, soudain intéressée.

Malheureusement, Aren n'était pas un grand buveur et il n'avait pas d'alcool chez lui.

— De la bière, je crois. Si j'avais des gâteaux au chocolat, je t'en proposerais bien.

— Je ne sais pas, Aren. Je crois qu'il n'y a pas assez de cookies aux pépites de chocolat dans le monde pour me faire aller mieux.

— Est-ce que tu l'aimes toujours ? demanda-t-il.

Il regretta sa question dès qu'il l'eut prononcée. La réponse était absolument évidente – pour lui, en tout cas.

— Je crois, oui. Je pensais réussir à l'oublier assez facilement mais j'avais tort.

— As-tu songé à l'appeler ?

— J'ai failli le faire ce soir… juste avant de t'appeler, répondit-elle en regardant ses mains. Tu imagines ? Jack aurait bien rigolé en m'entendant, maintenant qu'il sort avec Miss Univers.

— Arrête, Josie ! Tu es belle, intelligente, cultivée et…

— Bien sûr ! répondit-elle avec un rire moqueur. Tu dis ça parce que tu es mon frère.

— Mais non. Je dis ça parce que c'est vrai. À mon avis, tu as deux possibilités. Soit tu essaies d'arranger les choses avec Jack, soit tu vas de l'avant en décidant de passer à autre chose. C'est toi qui décides.

— Eh bien, je ne vais pas courir après Jack, ça c'est sûr.

— Alors, tu ne l'aimes pas. Tu veux qu'il tombe amoureux de quelqu'un d'autre et qu'il t'oublie, voilà tout.

Elle releva soudain la tête, choquée par ce que Aren venait de dire.

— C'est faux ! Je tiens à lui.

— Non. Si tu envisages de vivre sans lui, c'est que tu ne l'aimes pas.

— Mais il a rencontré quelqu'un d'autre, se défendit Josie.

— Tu n'en sais rien, répondit-il avec force. Même si c'était vrai, et alors ? Quelle différence ? Tu as des sentiments pour lui, toi aussi.

— *Et alors ?* Tu ne comprends pas la situation. J'ai vu comment il était avec elle et je peux te dire qu'il ne pense pas à moi comme je pense à lui.

Aren ne voulait pas se disputer avec sa sœur et il tenta de calmer le jeu.

— Écoute, tout ce que je dis, c'est que si tu l'aimes toujours, tu dois le lui dire. Si ce n'est pas le cas, alors laisse tomber. Essaie d'apprendre de cette expérience et passe à autre chose.

Josie se leva et baissa la tête, comme si elle réfléchissait aux conseils de Aren. Quelques instants s'écoulèrent en silence avant qu'elle murmure, d'une voix remplie d'émotion :

— J'ai trop de fierté pour faire le premier pas et avouer mes sentiments à Jack… Je finirai bien, moi aussi, par rencontrer quelqu'un d'autre.

Aren comprenait parfaitement ce qu'éprouvait Josie.

— J'en suis certain, répondit-il avec assurance.

Il voulait vraiment rassurer sa sœur et espérait qu'elle arriverait un jour à oublier Jack.

***

— Tu as entendu ça ? demanda Will à Goodness.

Ils avaient laissé Mercy et Shirley avec Lucie et sa mère. Les deux anges avaient pour mission de ne pas quitter Lucie des yeux et de ne la laisser lire la critique de Eaton Well sous aucun prétexte. Will et Goodness, de leur côté, étaient allés voir Aren pour s'assurer que tout allait bien.

— Pauvre Josie, nous devons l'aider, dit Will qui ne supportait pas de la voir souffrir.

— Nous ne pouvons pas, c'est interdit !

— Mais elle est amoureuse, malheureuse et elle souffre. N'est-ce pas le but de notre mission : aider les gens qui souffrent ?

— Nous exauçons les prières, Will, voilà notre mission. Quelqu'un doit prier avant, pour cela.

Tout désolé, Will observa Josie remettre son manteau et sortir dans la nuit glaciale. L'ambiance joyeuse des fêtes de fin d'année était partout visible, mais la sœur de Aren ne semblait pas la remarquer. Elle marchait tête baissée, épaules voûtées, bravant le vent et le froid.

À l'angle de la rue, elle s'arrêta au feu rouge et sortit son téléphone portable de son sac. Elle l'observa un long moment puis regarda sa montre, soupira et rangea son téléphone.

— Crois-tu qu'elle voulait appeler Jack ? demanda Will.

— Je ne sais pas… Nous devrions retourner voir Aren, répondit Goodness.

Tiraillé, Will jeta un regard en arrière.

— Je préférerais suivre Josie pour m'assurer qu'elle rentre chez elle sans encombre.

Goodness se mordit la lèvre d'un air hésitant.

— Bon d'accord, mais ne le dis pas à Mercy ni à Shirley.

— Promis.

14

— Tu dois être épuisée, dit la mère de Lucie en suivant sa fille dans sa chambre après la fin de son service au restaurant.

— Toi aussi, Maman.

Wendy avait travaillé presque autant que Lucie, malgré ses problèmes de santé. Heureusement que Aren était venu les aider à servir les repas à l'Armée du Salut dans l'après-midi. Il avait été formidable. Il avait refusé de laisser Lucie ou sa mère soulever quoi que ce soit et avait porté tous les plats et ustensiles tout seul. Il avait répondu présent avec enthousiasme.

Mais c'était bien plus que son envie d'aider qui avait touché le cœur de Lucie. Aren s'était montré si gentil avec les sans-abri, prenant le temps de leur parler avec chaleur et générosité. Il les avait écoutés attentivement, quand tant de personnes préféraient détourner la tête. Et il avait été génial avec les enfants aussi.

— Je suis fatiguée, répondit Wendy, mais ce n'est pas moi qui ai passé la journée à m'affairer dans la chaleur des fourneaux.

— Maman, j'adore ce que je fais.

Sa mère la serra dans ses bras avant de retourner dans sa chambre. Le fidèle Sammy resta patiemment aux côtés de Lucie, prêt à la suivre où qu'elle aille.

Lucie prit une longue douche chaude et se mit en pyjama. Le lendemain, elle ferait la cuisine pour Aren et elle voulait que ce soit un repas dont il se souviendrait très longtemps. Sa mère lui avait toujours dit qu'on gagnait le cœur d'un homme par son estomac. Et elle voulait le cœur de Aren. Elle s'endormit pleine d'espoir.

Cette nuit-là, elle ne rêva que de Aren et fut réveillée le lendemain matin par l'odeur du café chaud. En prenant de l'âge, sa mère se levait souvent avant elle.

— Bonjour, ma chérie, dit Wendy, voyant Lucie entrer dans la cuisine en se frottant les yeux.

Elle lui versa une tasse de café.

— Nous avons une heure devant nous avant d'aller à l'église ce matin. L'Avent est mon moment préféré de l'année. J'adore chanter les chants de Noël.

— Moi aussi.

Après la messe, Lucie et Wendy sortirent les cartons de décorations de Noël de la cave. Lucie espérait que ça plairait à Aren de l'aider à décorer le sapin. Ce serait à la fois romantique et amusant.

Avant que Lucie ait eu le temps de faire le dernier aller-retour à la cave, sa mère avait déjà fait des projets pour occuper son après-midi. Elle irait faire les boutiques avec une amie et elles avaient prévu d'aller ensuite au cinéma. Ses intentions étaient claires, Wendy voulait laisser Lucie seule avec Aren.

En remontant les escaliers, Lucie croisa leur voisine.

— Joyeux Noël, Mrs Sullivan, dit-elle gaiement.

Savoir qu'elle allait passer l'après-midi avec Aren la mettait de très bonne humeur.

— Joyeux Noël, Lucie !

Sa voisine descendait un sac de déchets à recycler.

— Oh, est-ce le journal d'hier ? lui demanda Lucie en voyant le journal qu'elle tenait à la main.

— Oui.

— Pourriez-vous me le donner ? J'aimerais le lire.

— Bien sûr.

Lucie prit le journal et remonta les escaliers au pas de course. Elle n'avait qu'une idée en tête : trouver le nom de Aren au bas d'un article. Il lui avait demandé d'attendre pour le lire, ce qui lui paraissait un peu étrange. Ce serait la première fois que son nom apparaîtrait dans le journal et elle était fière de lui.

— J'ai le journal de samedi, annonça Lucie en rentrant dans l'appartement.

Elle posa le dernier carton de décorations, s'installa à la table de la cuisine et ouvrit le journal. Après avoir passé en revue chaque section du journal au moins deux fois, elle se rendit compte que le nom de Aren n'y figurait pas.

— Je ne le trouve pas, dit-elle au comble de la déception. Pas de la manière dont je pensais, en tout cas.

— Que veux-tu dire ? demanda Wendy.

— Eh bien, il a écrit un court article sur la pièce que nous sommes allés voir mais il n'y a pas de signature, pas de nom, juste une note disant de lire la critique du restaurant. Je ne comprends pas, ça n'a aucun sens.

— Et as-tu lu la critique du restaurant ?

— Non, avoua Lucie.

— Eh bien, lis-la, tu y trouveras peut-être la réponse à tes questions ?

Lucie tourna les pages pour trouver l'article.

— Je ne vois pas où est le rapport avec Aren. Cette critique a été écrite par Eaton Well.

— Alors, ne la lis pas, dit Wendy en secouant la tête. Tu ne peux pas voir son nom sans t'énerver.

— À juste titre. Cet homme est un idiot !

— Lucie, tu ne devrais pas dire ça.

— Je n'y peux rien, Maman. Je te rappelle que Eaton Well aurait pu nous mener à la catastrophe, quand même. Oh, regarde, ajouta-t-elle en montrant du doigt l'article. Il a écrit une critique sur le restaurant où Aren et moi sommes allés dîner jeudi dernier.

Intriguée, elle prit le journal et parcourut l'article. Au bout de quelques lignes, ses doigts se crispèrent sur les pages.

— Lucie, je t'ai dit de ne pas lire cette critique. Ça t'énerve à chaque fois.

Lucie poussa un long soupir, ferma les yeux et reposa le journal sur la table. Elle se leva lentement et sentit une boule se former dans sa gorge.

— Est-ce encore une critique négative ? demanda sa mère.

— Elle est juste, répondit-elle.

Mais sa voix se brisa car elle était en train de comprendre. Aren était Eaton Well. C'était la raison pour laquelle il lui avait demandé de ne pas lire le journal avant de le revoir. Il avait prévu de lui dire que c'était lui qui avait écrit cette horrible critique de *De Divins Délices.* Bien sûr, à ce moment-là, il était loin de se douter que Lucie était le chef qui avait préparé le repas qu'il avait détesté. La sole était l'un des plats dont elle était la plus fière. Pour elle, il représentait parfaitement sa cuisine et Aren en avait parlé dans des termes si durs, si méchants, que la douleur était encore présente dans son esprit alors que plusieurs semaines s'étaient écoulées.

— Lucie, tout va bien ? demanda Wendy.

— Oui, Maman.

Elle était debout mais ne savait pas pourquoi elle s'était levée. Elle avait l'impression que la cuisine avait rétréci, que les murs se rapprochaient et étaient sur le point de l'écraser. Elle n'avait nulle part où aller, nulle part où se cacher.

— À quelle heure Aren doit-il arriver ? demanda sa mère.

— Euh… Je ne me rappelle pas.

Elle avait la tête qui tournait. Aren arriverait bientôt. Comment pouvait-elle être avec lui, lui parler, le regarder, maintenant qu'elle savait ce qu'il avait fait ?

— Janice doit venir me chercher dans une heure. Est-ce que tu es sûre que tu ne veux pas que je t'aide à décorer le sapin ?

Le sapin. Lucie avait complètement oublié qu'elle avait accepté de décorer le sapin de Noël. Elle se réjouissait même de partager ce moment particulier avec Aren. Mais à présent, c'était impossible.

— Je décorerai le sapin, Maman. Ce n'est pas un problème.

— Tu n'es pas obligée de le faire. Si Aren a prévu autre chose, ne t'inquiète pas pour ça, d'accord ?

— Oui, oui.

Lucie marcha jusqu'au bout de la cuisine et fit demi-tour, marchant de long en large pour essayer de mettre ses idées au clair. Tout était confus dans son esprit. Elle avait besoin de réfléchir et elle n'y parviendrait pas si Aren était avec elle.

Aren…

Aren était Eaton Well.

Elle aurait dû s'en douter depuis longtemps.

— Lucie, tu es sûre que ça va ? Tu es toute pâle. Tu te sens bien ? Je peux rester à la maison, si tu veux.

— Non… Je vais très bien. Sors et passe un bon moment.

— D'accord.

Wendy s'affaira dans la cuisine en chantonnant gaiement, rangeant les piles de papiers recouvrant le plan de travail, écrivant des cartes de vœux en attendant l'arrivée de son amie.

Lucie attendit patiemment le départ de sa mère. Puis, prenant son courage à deux mains, elle prit le téléphone. Elle devait trouver une bonne excuse à donner à Aren pour qu'il ne vienne pas. Elle avait besoin de réfléchir pour digérer ce qu'elle venait d'apprendre et décider que faire.

Aren répondit dès la première sonnerie.

— Ah Lucie, j'étais sur le point de partir.

— Je suis contente d'avoir réussi à te joindre à temps, alors, répondit-elle en tentant d'avoir l'air normale, comme si tout allait bien.

— Qu'y a-t-il ?

Elle comprit soudain ce qu'elle devait faire.

— J'ai bien réfléchi, dit-elle.

Mais quelque chose dans le ton de sa voix avait dû trahir son agitation, car Aren devint soudain silencieux. Lucie entendait parfaitement les bruits derrière lui, celui d'un ascenseur dont les portes s'ouvraient et se refermaient. Puis, plus rien.

— Réfléchi à quoi ? demanda-t-il d'une voix incertaine.

— À nous. Quand nous nous sommes rencontrés il y a près d'un an, je t'ai dit que j'étais extrêmement occupée avec le restaurant. Que ce n'était pas le moment pour moi d'entamer une histoire avec quelqu'un. Je me rends compte que rien n'a vraiment changé.

— En d'autres termes, tu veux que nous fassions une pause.

— Oui.

Il ne parla pas pendant un long moment, avant de reprendre à voix basse :

— Tu as lu l'article, c'est ça ?

— Oui, répondit-elle.

Elle ne voulait pas lui mentir.

— Et maintenant, tu me détestes ?

— Non.

Lucie ne pourrait jamais détester Aren.

— Je... J'ai besoin de prendre un peu de distance pour faire le point sur notre relation. Tu n'es pas celui que je croyais.

— Tu as tort, Lucie.

— Ta critique de *De Divins Délices* était méchante et gratuite. Eaton Well n'est pas quelqu'un de gentil… Il se croit intelligent mais il ne l'est pas. Il utilise les mots pour faire du mal aux autres… Ce que tu as écrit à propos de mon restaurant est inqualifiable et…

— J'ai été honnête, l'interrompit-il.

— Alors, c'est vraiment ce que tu penses de ma cuisine ? Qu'elle est si mauvaise que ça ? Es-tu réellement en train de me dire que tous les efforts et l'argent que ma mère et moi avons investi dans le restaurant étaient une perte de temps et que nous méritons d'échouer ?

— Je n'ai rien écrit de tel.

— Peut-être pas en ces termes, mais cela revenait au même.

Il ne répondit rien et c'était probablement mieux ainsi. Rien de ce qu'il dirait ne pourrait arranger les choses.

— Tu n'as pas répondu à ma question, reprit-elle. Réponds-moi honnêtement. Ma sole était-elle si mauvaise ?

Encore une fois, Aren hésita comme s'il cherchait le moyen de contourner la vérité, sa vérité.

— Tout le monde a des jours avec et des jours sans…

— À ce point-là ? s'étonna-t-elle.

Un instant passa en silence avant que Aren ne réponde.

— À ce point-là.

— Je vois, dit-elle d'une voix qui se brisait de nouveau. J'ai compris.

— Lucie, tu es injuste.

— Moi ? Injuste ? C'est la poêle qui se moque du chaudron.

— D'accord, très bien, si tu ne veux plus me revoir…

— Tu aurais dû me dire la vérité, protesta-t-elle.

— Je ne pouvais pas. Mon contrat m'interdit de révéler mon identité, alors j'ai fait de mon mieux. J'ai été aussi honnête que je le pouvais. Je te l'ai dit de la seule manière possible en te citant dans ma critique. Je savais que tu comprendrais tout de suite en la lisant. Tu ne peux pas m'en vouloir de t'avoir caché la vérité.

Il avait raison et même si elle voulait le contredire, elle ne le pouvait pas. Cela ne changeait rien au fait que c'était l'homme qui aurait pu détruire leur restaurant, Lucie ne pouvait l'oublier.

— Je comprends que tu aies fait de ton mieux pour ne pas me mentir…

Elle s'interrompit, réalisant que c'était extrêmement important pour lui, car son ex-femme lui avait menti et l'avait trompé. Malheureusement, c'était lui qui avait écrit cet article. Il était Eaton Well.

— Mais…

— Mais ça ne marchera pas entre nous, Aren.

— Je ne te crois pas.

— Pardon ? s'exclama-t-elle.

Elle savait que ce ne serait pas facile, mais le plus dur pour Lucie était la façon dont il la remettait en question. Elle pensait que Aren se mettrait en colère et se défendrait. Au lieu de cela, il se montrait raisonnable et imperturbable, ce qui ne lui facilitait pas la tâche.

— Tu m'as parfaitement entendu. Entre nous, ça marche et tu le sais très bien. C'est justement ce qui t'effraie. Tu as appris à me faire confiance et, quand j'ai trouvé à redire sur ta cuisine, tu n'as pas su accepter mes critiques.

— Tu te trompes sur toute la ligne.

Aren pensait que c'était son orgueil qu'il avait blessé, alors que ce n'était pas du tout pour cette raison-là qu'elle voulait mettre un terme à leur relation. Le problème, c'était qu'elle était en train de tomber amoureuse de lui. D'ailleurs, pour être tout à fait honnête, elle était déjà amoureuse. L'homme en qui elle ne pourrait jamais avoir confiance était Eaton Well et découvrir qu'ils étaient une seule et même personne l'obligeait à tout remettre en question.

— Je doute avoir tort à ce point-là, poursuivit-il toujours aussi calmement. Tu as peur.

— D'accord, j'ai peur. Je l'admets.

Il resta un instant silencieux, comme s'il était surpris de l'entendre admettre cela.

— Lucie, dis-moi la vérité. Veux-tu faire une pause pour réfléchir ou pour mettre fin définitivement à notre relation ?

— Je… je crois qu'il vaudrait mieux que nous arrêtions de nous voir.

— Pour toujours ?

Lucie ferma les yeux.

— Je ne sais pas…

Ce n'était pas le moment de prendre une telle décision.

— C'est injuste de me laisser dans l'incertitude, tu ne trouves pas ?

— Oui, admit-elle.

— Alors, à toi de décider. Si tu veux faire une pause, c'est ce que nous ferons. Nous pourrons nous revoir dans un mois ou deux pour en reparler.

— J'ai besoin de… davantage de temps.

— Trois mois ?

— Je ne sais pas, répondit-elle en fermant les yeux.

Aren émit un petit rire dénué d'humour.

— Je crois que j'ai compris le message, dit-il. Tu ne veux plus de moi dans ta vie, mais tu n'as pas le courage de me le dire.

Lucie ne savait pas si c'était vrai.

— Je… Je ne sais pas quoi te dire. J'ai besoin de temps, c'est tout.

— Alors prends tout le temps dont tu auras besoin. Je ne sais pas ce qui s'est passé ce soir-là avec la sole, mais de mon point de vue, elle n'aurait jamais dû être servie. Plus de trois cents de tes clients n'étaient pas d'accord avec moi et j'ai eu une deuxième occasion de dîner à *De Divins Délices*. J'ai été content de le faire car cette fois, mon repas était délicieux. J'ai écrit une deuxième critique dithyrambique. Je t'ai donné une deuxième chance.

— Je sais, murmura-t-elle.

Lucie se sentait terriblement mal. Certes, Aren avait écrit un deuxième article plus qu'élogieux mais cela, c'était une fois qu'il savait qu'elle était le chef du restaurant.

— C'est vraiment dommage que tu refuses de faire la même chose pour moi.

Avant qu'elle ait eu le temps de répondre quoi que ce soit, Aren murmura :

— Au revoir, Lucie.

Et il raccrocha.

***

— Comment Lucie a-t-elle eu ce journal ? s'écria Mercy en regardant les événements se dérouler du haut des toits de Brooklyn, au-dessus de l'appartement de Lucie. Qui était chargé de la surveiller ?

Will leva la main à contrecœur.

— Elle était à la cave. Je n'ai même pas vu qui le lui avait donné. Je suis désolé… maintenant tout a changé et, encore une fois, c'est par ma faute.

Gabriel apparut à leurs côtés sans crier gare.

— Alors, où en est la romance entre Lucie et Aren ? demanda-t-il, même si Mercy était à peu près sûre qu'il connaissait déjà la réponse.

Personne ne semblait enclin à lui répondre.

— Elle vient de lui dire qu'elle ne voulait plus le voir, marmonna Shirley. Et c'est entièrement notre faute.

— Nous avons modifié la sauce de son poisson et ainsi bouleversé les projets divins, avoua Will.

— C'est bien là le problème, dit Gabriel en croisant les bras sur son torse puissant. Et c'est un très gros problème. Il y a une bonne raison pour laquelle les émissaires n'ont pas le droit de se mêler des affaires des humains. Lorsqu'on désobéit à cette règle, les choses tournent mal.

— Très mal, renchérit Shirley. Et j'en suis la responsable.

— Moi aussi, ajouta Goodness.

— Nous le sommes tous, dit Mercy.

Et le pire, c'était qu'elles avaient dévoyé le jeune Will.

— Que pouvons-nous faire pour arranger les choses ? demanda Will d'un air désespéré.

Gabriel les observa les uns après les autres.

— Je crois qu'il vaudrait mieux que vous ne fassiez rien et que vous laissiez Lucie et Aren se débrouiller tout seuls, suggéra-t-il.

— Mais y parviendront-ils ? s'exclama Mercy.

Elle avait besoin de le savoir. Cela l'attristait de voir deux personnes aussi parfaitement faites l'une pour l'autre laisser un malentendu entraver leur bonheur.

— Cela dépendra d'eux, dit Gabriel.

Puis, il fit quelque chose qui ne lui ressemblait pas du tout. Il tapota l'épaule de Mercy d'un geste rassurant.

— Nous ne sommes pas supposés comprendre pourquoi les humains prennent les décisions qu'ils prennent. Ils sont libres de faire ce qu'ils veulent. Cela s'appelle le libre arbitre.

— Mais Aren et Lucie sont faits l'un pour l'autre ! s'écria Will.

— Le sont-ils vraiment ? demanda Gabriel.

Malheureusement, c'était une question à laquelle aucun des quatre anges ne pouvait répondre.

15

— Pourquoi fais-tu cette tête-là ? demanda Josie en retrouvant Aren lundi matin. Je croyais que tu avais passé la journée avec Lucie hier ? Elle ne t'a pas cuisiné un délicieux dîner ?

— Je n'y suis pas allé.

— Quoi ? s'exclama Josie qui faillit rentrer dans l'homme qui se tenait devant elle dans la queue du Starbucks. Mais pourquoi ? Tu n'arrêtais pas de parler d'elle samedi.

Ce n'était pas tout à fait vrai, mais Aren se garda bien de le faire remarquer à sa sœur. C'était Josie qui n'avait cessé de parler de Jack. A posteriori, Aren aurait souhaité s'être montré plus compatissant avec Josie ce soir-là.

— C'est fini entre nous, annonça-t-il en haussant les épaules comme si cela n'avait aucune importance.

En réalité, il n'avait cessé de penser à Lucie depuis le moment où ils avaient raccroché. Elle s'était montrée très claire avec lui et il n'était pas parvenu à la faire changer d'avis. Elle voulait faire une pause – c'était en tout cas ce qu'elle disait – mais Aren n'avait pas besoin d'une boule de cristal pour lire dans ses pensées. Lucie ne voulait plus rien avoir à faire avec lui, même si elle n'avait pas été assez forte pour le lui avouer.

Un seul regard à sa sœur suffit à Aren pour savoir qu'elle avait deviné ce qui s'était passé.

— Lucie a lu l'article, c'est ça ?

La queue de Starbucks avança et Lucie et Aren firent un pas en avant.

— Lucie a peut-être l'air gentille, mais elle n'est pas de nature à pardonner.

— Tu ne vas pas essayer d'arranger les choses ? demanda Josie en fronçant les sourcils.

— Je n'ai pas le choix, répondit Aren d'un air surpris.

— Attends une minute. Est-ce que ce n'est pas toi qui m'as fait la morale sur Jack et ma fierté ? Est-ce que ce n'est pas toi qui m'as dit que, si j'étais vraiment amoureuse de lui, je devais me battre pour être avec lui ?

— Je t'ai dit ça ? demanda Aren.

Évidemment, il se souvenait du moindre mot qu'il avait prononcé.

— Et bien plus encore.

— Et tu m'as écouté ?

Il savait qu'elle n'avait pas suivi ses conseils et, à présent qu'il était à sa place, il comprenait aisément pourquoi.

— Cela va te surprendre mais oui, je t'ai écouté.

Une fois que ce fut son tour, Josie commanda deux cafés pour elle et Aren. Ils se dirigèrent ensuite vers la station de métro et Aren en profita pour avoir des détails.

— Tu as contacté Jack ?

— Pas encore, mais j'ai beaucoup réfléchi à ce que tu m'as dit. Tu as raison, Aren. Il faut que j'accepte le fait que j'ai toujours des sentiments pour Jack. Ce que je dois décider, c'est si la douleur que j'ai ressentie en le voyant avec cette autre femme était réelle ou si j'étais simplement jalouse et en colère qu'il se soit remis de notre rupture et ait rencontré quelqu'un d'autre.

— Et qu'as-tu décidé ?

— Je ne sais pas… pas encore.

Aren secoua la tête. Ils formaient vraiment une belle équipe tous les deux, malheureux, le cœur brisé et incapables de renoncer à leur satanée fierté.

— Je commence à me dire que je ferais mieux de me concentrer sur ma carrière, dit-il à sa sœur. Je crois que je ne suis pas prêt à m'investir dans une relation de couple pour l'instant.

— Ne sois pas idiot. Tu veux une femme et des enfants.

— Qui t'a dit ça ? protesta-t-il.

— Je n'ai pas besoin que tu me le dises. Je sais que c'est ce que tu veux. Tu serais un mari et un père formidable. Ce n'est pas un incident malheureux qui t'empêchera d'y parvenir.

— C'est plus qu'un incident malheureux, c'est mon karma. Toutes mes relations amoureuses se sont mal terminées.

— C'est faux. Tu te souviens de Mary Jane Milton ? Au lycée, elle était folle amoureuse de toi.

— Je l'ai revue à notre réunion d'anciens élèves l'année dernière. Elle est mariée, avec trois enfants et un quatrième en route.

— Tu vois, tu n'as pas agi assez vite.

— J'avais dix-sept ans !

Ils arrivèrent au métro et sa sœur s'arrêta.

— Retrouve-moi pour le dîner, dit Josie d'un ton insistant.

— Je dois travailler tard, marmonna-t-il.

Il savait que Josie voulait l'aider mais tout ce qui s'était passé avec Lucie était encore trop frais dans son esprit et il avait besoin de temps pour se remettre.

— Bon, d'accord.

— Appelle-moi quand tu auras fini et nous nous retrouverons dans le quartier.

— Je…

— Inutile de protester, dit-elle en descendant les escaliers.

À mi-chemin, elle se retourna.

— Ne me déçois pas, Aren, lança-t-elle avant de s'engouffrer dans le métro.

***

Heureusement, dès l'instant où il arriva au bureau, Aren fut extrêmement occupé, à tel point qu'il n'eut pas le temps de penser à Lucie de toute la journée. Il déjeuna devant son ordinateur et avala en quelques bouchées son sandwich et sa tasse de café. À dix-huit heures, il était fatigué et de mauvaise humeur. Il n'avait aucune envie d'aller dîner avec sa sœur car il savait qu'elle en profiterait pour lui faire la morale.

Il aurait mieux fait de se taire au lieu de lui donner des conseils que Josie n'hésiterait pas à lui retourner dès qu'elle en aurait l'occasion. Mais il obéit à son devoir de frère et l'appela comme il l'avait promis.

— Tu as faim ? demanda-t-elle.

— Je ne sais pas… Oui, je suppose, répondit-il.

— Super. Retrouve-moi au restaurant italien dont je t'ai parlé l'autre fois.

Elle lui donna l'adresse exacte.

— C'est toi qui régales ? demanda-t-il en souriant malgré lui.

— Oui, alors ne discute pas !

Aren trouva un taxi presque immédiatement – un miracle, à New York – et tenta d'ignorer l'atmosphère festive qui semblait s'être emparée de la ville. Il ne voulait pas penser à Noël. Il avait bien d'autres choses en tête. Pas des choses, en fait… Lucie. Il essayait d'oublier leur dernière conversation mais elle repassait en boucle dans son esprit.

Josie l'attendait à l'extérieur du restaurant quand Aren arriva.

— C'est l'un de mes restaurants préférés, dit-elle en guise de bonjour. Leur sauce tomate est la meilleure que j'aie jamais goûtée.

— Pourquoi ne m'y as-tu jamais emmené avant ? demanda-t-il.

Il parlait pourtant souvent de restaurants avec sa sœur et cela lui paraissait bizarre qu'elle ne lui en ait quasiment jamais parlé.

Josie sembla hésiter avant de répondre.

— En fait, c'était notre restaurant avec Jack. J'avais peur qu'il m'évoque trop de souvenirs, alors j'ai évité d'y revenir depuis notre rupture, mais c'était bête.

— Et tu n'as pas peur de tomber sur lui ?

Josie secoua la tête.

— Il n'a probablement pas envie de me rencontrer par hasard non plus, surtout pas dans ce que nous considérions comme « notre » restaurant.

Aren espérait que sa sœur avait raison mais, en y réfléchissant, cela ferait peut-être du bien à Jack et Josie de se revoir. S'ils se rencontraient par hasard et que la réaction de Jack était similaire à celle de Josie, alors il resterait un peu d'espoir pour eux deux. Et s'il pouvait arranger les choses entre eux, alors peut-être restait-il une chance pour lui et Lucie.

Aren ouvrit la porte et s'effaça pour laisser passer sa sœur. À peine entrée, elle s'arrêta immédiatement et murmura :

— Et si je rencontre Jack, je sourirai et ferai semblant de m'amuser comme une folle.

— Tu as raison, répondit Aren à voix basse.

En voyant Josie, l'hôtesse lui adressa un sourire chaleureux.

— Ravie de vous revoir, dit-elle.

— Moi aussi, répondit Josie. Ma table préférée est-elle disponible ?

Aren n'écouta que d'une oreille la conversation entre les deux femmes, car les odeurs délicieuses provenant de la cuisine étaient bien trop distrayantes. Il ferma les yeux et huma avec délectation les parfums qui s'en dégageaient. Un mélange d'ail et d'épices, de tomates et de basilic. Si la cuisine était aussi bonne qu'il l'espérait, ils allaient se régaler.

L'hôtesse les escorta à leur table et leur tendit les menus. Avant même que Aren ait eu le temps de faire son choix, on leur avait apporté du pain. Le service était impeccable.

— Ils préparent leur pain ici tous les jours, dit Josie. Il est délicieux. Jack disait toujours que nous pourrions nous nourrir exclusivement de leur pain.

— Comment sont les raviolis ? demanda-t-il, plus intéressé par le menu.

Il devait avouer qu'il était impressionné.

— Les raviolis au fromage étaient le plat préféré de Jack, répondit Josie d'un air triste. Il les commandait chaque fois que nous venions dîner ici, et nous venions au moins une fois par semaine.

— Et toi ? Quel est ton plat préféré ?

— Je n'ai aucune préférence ! Tout est divin. J'ai essayé de cuisiner certains des plats moi-même, comme le roulé d'aubergines, mais mes tentatives n'étaient jamais à la hauteur, alors Jack et moi revenions chaque semaine.

Le serveur arriva pour prendre leur commande et Aren commanda les raviolis fourrés au fromage. Josie venait de finir de commander son plat quand elle s'interrompit net. Aren comprit tout de suite qu'elle venait d'apercevoir Jack.

— Miss Univers est-elle avec lui ? demanda Aren en se penchant vers sa sœur.

Josie releva le menton et hocha presque imperceptiblement la tête.

— Oh oui, et elle ressemble à un top model.

Aren tournait le dos à l'entrée du restaurant et il ne pouvait pas les voir. Il était tenté de se retourner mais il s'en abstint car il savait que Josie n'apprécierait pas.

Josie sourit et fit un petit signe de tête à quelqu'un derrière Aren.

— Il m'a vue, murmura-t-elle.

— Et ?

— Et il a l'air troublé. Tant mieux. Maintenant, il sait ce que j'ai ressenti quand je l'ai vu samedi dernier.

Elle se pencha vers lui et murmura :

— Ris.

— Pardon ? demanda Aren, surpris.

— Je veux que tu ries comme si j'étais la personne la plus drôle et la plus intelligente que tu aies jamais rencontrée de toute ta vie.

— Josie…

Aren n'aimait pas se prêter à ce genre de petit jeu.

— S'il te plaît, Aren. Fais-le pour moi.

— D'accord, d'accord, répondit-il en se forçant à rire.

— Plus fort, chuchota Josie.

— C'est ridicule.

Il aurait dû se douter de quelque chose quand sa sœur avait insisté pour avoir sa table préférée et être assise face à la porte.

Pour faire plaisir à sa sœur, il éclata de rire.

— C'était parfait, dit-elle avec un grand sourire.

— Merci.

Josie se pencha vers lui et s'anima, riant doucement tandis que Aren faisait de son mieux pour ne pas lever les yeux au ciel. Sa sœur en faisait trop. Elle pressait doucement sa main sur son cœur et souriait tout en le regardant, comme si elle était fascinée par tout ce qu'il disait.

— Tu pourrais au moins faire semblant, siffla-t-elle.

— Et Jack, qu'est-il en train de faire ? demanda Aren.

— Il ne nous a pas quittés du regard, répondit-elle d'un air satisfait.

— Où est-il assis ?

— À deux tables de nous, contre le mur.

Aren posa sa serviette sur la table et se leva sans un mot.

— Qu'est-ce que tu fais ? murmura Josie d'un air inquiet. Aren, si tu es en train de faire ce que je crois que tu es en train de faire, je te jure que je ne t'adresserai plus jamais la parole.

Il sourit et haussa les épaules.

— Si seulement c'était vrai.

— Aren, souffla-t-elle, paniquée, en faisant mine de se lever pour l'arrêter.

Elle ne parviendrait pas à le dissuader. Sa sœur était malheureuse et, si Jack n'avait pas réussi à la quitter des yeux, alors Aren était quasiment certain qu'il ressentait la même chose qu'elle.

Tournant le dos à Josie, Aren traversa en quelques enjambées la courte distance qui séparait les deux tables. En voyant Aren approcher, Jack posa sa serviette et se leva. Il était bien plus grand que Aren, et très baraqué mais après tout, ce n'était pas un concours à qui serait le plus musclé !

— Vous devez être Jack, dit Aren en lui tendant la main. Aren Fairchild. Je suis le frère de Josie.

L'homme sourit immédiatement à ces mots, comme soulagé.

Aren n'osait pas se retourner vers Josie.

— Je crois qu'il y a eu un malentendu entre vous et ma sœur, dit-il.

— Excusez-moi, l'interrompit la femme assise avec Jack qui l'observait d'un air mécontent. Je ne suis pas invisible, vous savez.

Jack tourna vivement la tête vers elle. Il semblait l'avoir complètement oubliée.

— Oh, pardon. Pamela, je te présente le frère de la femme dont je t'ai parlé la dernière fois.

— Tu veux dire celle que tu mentionnes dans chaque conversation ?

Jack tourna la tête sans répondre.

— Je crois que j'ai commandé votre plat préféré. Pourquoi n'allez-vous pas vous asseoir avec ma sœur pendant que Pamela et moi faisons connaissance ?

— Une minute, dit la femme d'un air furieux. Je n'ai pas mon mot à dire ?

— Apparemment pas, répondit Aren.

Jack était déjà parti s'asseoir avec Josie.

Aren s'installa face à Pamela. Elle était jolie, évidemment, mais après deux minutes en sa compagnie, il était clair qu'elle était difficile à vivre, snob et trop exigeante. Elle ne semblait pas non plus apprécier sa compagnie car, au bout de dix minutes, elle se leva.

— Dites à Jack qu'il vaudrait mieux qu'il ne me rappelle pas.

— Je crois que vous devriez le lui dire vous-même, répondit-il.

— Avec grand plaisir.

Et Pamela partit en balançant des hanches en direction de la table où Jack et Josie étaient installés, parlant à voix basse, penchés l'un vers l'autre, comme si tous leurs problèmes avaient disparu.

Jack se leva en voyant Pamela approcher. Aren n'entendit pas ce qu'elle lui disait, mais il semblait clair qu'elle ne voulait plus rien avoir à faire avec lui et elle partit visiblement très vexée.

Ayant accompli sa mission, Aren laissa un pourboire généreux sur la table avant de se lever pour partir. Il sentait tous les regards posés sur lui et ne pouvait qu'imaginer ce que devaient penser les autres clients. Juste avant d'ouvrir la porte, il se tourna et Josie lui fit un clin d'œil en lui soufflant un baiser. Il lui fit un signe de la main et partit.

En rentrant, il trouva son appartement froid et sombre. Il était heureux d'avoir aidé sa sœur et Jack et il espérait qu'ils arriveraient à se réconcilier une bonne fois pour toutes.

Son téléphone sonna vers minuit, réveillant Aren qui dormait déjà.

— Merci, murmura Josie.

— De rien. Est-ce que je peux me rendormir maintenant ?

— Non. Veux-tu passer à la maison pour discuter ?

— Josie, je suis couché.

— Oh, tu n'es pas drôle.

— Je suis heureux pour toi, dit-il avant de raccrocher.

Il l'était sincèrement, mais il avait envie de se rendormir pour replonger dans son rêve… et y retrouver Lucie.

16

Le réveillon de Noël était arrivé mais Lucie avait le cœur lourd. C'était ainsi depuis sa dernière conversation téléphonique avec Aren. Il ne l'avait pas rappelée et sa fierté l'empêchait de le contacter de son côté. Elle continuait à lire ses articles avec attention et avait remarqué que ses critiques n'étaient pas aussi tranchantes et sarcastiques qu'elles avaient pu l'être par le passé. Elle ne désirait rien d'autre qu'avoir de ses nouvelles, en vain.

Sa mère entra dans la cuisine tandis que Lucie était assise, sa tasse de café fumante posée devant elle. Sammy était allongé à ses pieds.

— Allez, ma chérie, fais-moi un sourire, dit Wendy. C'est enfin le 24 décembre.

La bonne humeur de sa mère était contagieuse, en principe, mais Lucie avait du mal à voir la vie du bon côté.

— Regarde, je souris. Je suis contente d'avoir quelques jours de congé.

Elles avaient décidé de fermer le restaurant pour les deux prochains jours et Lucie devait bien admettre qu'une pause lui ferait du bien. Le moins que l'on puisse dire était qu'elle n'avait pas l'esprit de Noël. Elle n'avait d'ailleurs pas encore acheté un seul cadeau.

Wendy se versa une tasse de café et s'assit à côté de Lucie pour tester sa glycémie. Sans un mot, elle se leva et alla prendre la bouteille de jus d'orange dans le réfrigérateur.

— Vas-tu appeler Aren ? demanda-t-elle en prenant un ton dégagé.

— Non.

— Pourquoi ? demanda Wendy, déçue.

— Maman, nous en avons parlé un tas de fois. Tout est fini entre nous.

— C'est vraiment ce que tu veux ?

L'air sceptique de sa mère en disait long sur ce qu'elle pensait de la réponse de sa fille.

Lucie ne répondit pas. Cela ne servait à rien. Aren lui manquait, bien sûr. Elle n'avait cessé de penser à lui. Si seulement la situation avait été différente… Mais il était qui il était et elle ne pouvait rien y changer.

— Je pensais aller en ville, ce matin, annonça Lucie pour changer de sujet. J'ai des courses à faire.

— Ne sois pas en retard pour le dîner, dit Wendy tandis que Lucie enfilait son manteau et prenait son sac à main.

Ce que Lucie voulait, c'était s'échapper et oublier que c'était la veille de Noël. Si elle parvenait à s'occuper constamment, elle réussirait peut-être à être suffisamment distraite pour ne pas trop penser à Aren et apprécier les fêtes, au moins un petit peu. C'était ce qu'elle espérait. Une journée en ville ne pourrait que lui faire du bien et lui changer les idées.

***

— Tu vois à quel point Lucie est malheureuse ? demanda Will à Mercy.

— On ne peut pas ne pas le voir, répondit-elle.

Mercy et ses deux amies restèrent aux côtés de Will tandis qu'il suivait Lucie jusqu'au métro qui la mènerait à Manhattan.

Une fois le métro parvenu à son arrêt, Lucie monta les escaliers et sortit à Manhattan. Il y avait un monde fou dans les rues, les passants pressant le pas pour aller d'un magasin à l'autre.

— Est-ce toujours ainsi la veille de Noël ? demanda Will qui faisait de son mieux pour éviter de rentrer dans les passants.

— Toujours, oui, répondit Shirley. Parfois, c'est même pire.

— Pire que ça ? demanda Will, ébahi.

— Oh oui, je me souviens d'une année…

— Où va Lucie ? l'interrompit Will.

Mercy savait qu'il se sentait responsable du fait que Aren et Lucie ne se soient pas rencontrés au moment où ils devaient le faire et qu'il souhaitait plus que tout arranger les choses entre eux. Mais il était hors de question qu'elle lui donne l'autorisation d'intervenir. Gabriel avait été très clair sur ce point. Lucie et Aren devaient y arriver tout seuls, ce qui compliquait toute perspective de réconciliation entre eux. Ils étaient tous deux des humains fiers et obstinés.

— Va-t-elle vraiment continuer à ignorer Aren ? Même à Noël ? demanda Will.

— C'est ce qu'elle a fait jusqu'à présent, remarqua Goodness.

— Elle ne lui a même pas envoyé une carte de vœux.

— Aren lui a-t-il envoyé une carte ? demanda Shirley. Il aurait pu faire un effort, quand même.

— Je suis d'accord. Il aurait dû faire quelque chose, dit Will. Ces humains sont vraiment… impossibles.

— Ah, mon jeune Will, tu n'as encore rien vu.

— Quoi ?

— Non, rien, dit Goodness en tapotant le bras de Will.

— Où va Lucie, maintenant ? demanda Will en la suivant dans un magasin.

— C'est l'un de mes endroits préférés sur Terre.

— Mais qu'est-ce que c'est ? cria Will en sautant sur un escalator derrière Lucie.

— C'est une librairie, répondit Mercy qui attrapa Shirley par la ceinture pour l'éloigner de la section des livres pour enfants.

Shirley poussa un soupir de déception.

— Je n'allais pas faire de bêtise, je le jure, protesta-t-elle.

— Peut-être, mais mieux vaut prévenir que guérir.

— Que cherche-t-elle ? demanda Will sur les talons de la jeune chef.

— Un livre, j'imagine. Quelque chose de spécial à offrir pour Noël, répondit Goodness. Après tout, nous sommes dans une librairie.

— Une très grande librairie bondée, renchérit Shirley, obligée de se faufiler à toute vitesse d'un côté et de l'autre pour éviter d'être remarquée.

— Regardez ! Lucie a trouvé un coin tranquille pour s'asseoir.

— Je vais avec elle, dit Shirley. Courir dans tous les sens me fatigue.

— Je crois que nous sommes tous un peu lessivés.

— Vous travaillez tous trop dur, vous ne trouvez pas ?

Au son de la voix tonitruante de Gabriel, les quatre anges sursautèrent.

— Et en plus, vous avez l'air coupable, résonna sa grosse voix. Avez-vous quelque chose à me dire ?

Will, prenant son courage à deux mains, fit un pas en avant.

— Nous devons faire quelque chose, et vite.

— Êtes-vous en train d'insinuer que vous voudriez intervenir ?

— Oui, je me sens responsable de Aren et Lucie. C'est moi qui les ai présentés l'un à l'autre plus tôt que prévu et tout est allé de travers. Maintenant, ils sont séparés et malheureux.

Gabriel secoua la tête tristement.

— Cela ne dépend pas de nous. Aren et Lucie doivent apprendre à mettre de côté leur fierté et leur obstination. S'ils ne peuvent résoudre ce petit problème, leur relation est vouée à l'échec. Aimer veut dire savoir se montrer généreux envers l'autre et l'accepter tel qu'il est, et très franchement, je ne les en crois pas capables.

— Moi si ! s'exclama Will. Voyez ce que Lucie et sa mère ont fait pour les sans-abri.

— Et Aren n'a pas hésité à les aider, ajouta Goodness.

— Il était formidable avec les enfants, dit Shirley.

— C'est vrai, maintenant que vous le dites, il l'était.

— Vous voyez ! Il reste de l'espoir pour Lucie et Aren, insista Will. Si seulement vous nous autorisiez à…

— Non, répondit Gabriel en levant la main pour le faire taire. Intervenir est hors de question.

Gabriel repartit aussi vite qu'il était venu, laissant Will déçu et désemparé.

Jetant un regard par-dessus son épaule, Mercy parla à voix basse :

— Je ne voudrais pas causer de problèmes, mais je crois que j'ai une idée.

— Concerne-t-elle Lucie et Aren ? demanda Will, plein d'espoir.

— Indirectement, chuchota-t-elle.

— Voilà qui est prometteur, dit Goodness qui avait retrouvé sa bonne humeur.

— Qu'est-ce que c'est ? demanda Shirley, sceptique.

— Vous verrez, dit-elle. Suivez-moi.

— Devons-nous laisser Lucie ? demanda Will, inquiet.

— Tout ira très bien pour elle, fais-nous confiance.

Will accepta à contrecœur de les suivre.

— J'espère que nous ne commettons pas d'erreur, dit Shirley qui s'attarda un instant auprès de Lucie. Les idées de Mercy m'ont déjà attiré beaucoup d'ennuis par le passé.

— J'ai un bon pressentiment, répondit Goodness.

***

Le téléphone portable de Lucie émit un bip, indiquant qu'elle avait reçu un message. Elle sortit son téléphone de la poche de son sac, mais ne reconnut pas le numéro qui s'affichait à l'écran. *16 h au sommet de l'Empire State Building*, indiquait le message.

Perplexe, Lucie rangea son téléphone dans son sac. De qui pouvait bien provenir ce message ? Elle avait évidemment pensé à Aren, mais elle aurait reconnu son numéro. Cela ne pouvait pas être lui.

Eh bien, elle n'irait pas. C'était ridicule. De plus, elle avait encore plein de choses à faire. Elle n'avait pas fini ses courses et devait ensuite dîner avec sa mère. Plus tard, elles iraient toutes les deux à la messe de Noël. Lucie avait déjà tout prévu. Elle n'avait pas le temps de se lancer dans une quête éperdue et vaine jusqu'au sommet de l'Empire State Building.

Elle ne le ferait pas.

Dix minutes plus tard, elle regarda sa montre. 15 h 33.

Même si elle le voulait, elle n'aurait jamais le temps d'arriver à l'Empire State Building par les transports en commun et trouver un taxi à cette heure-là la veille de Noël était littéralement impossible.

Cette pensée venait de lui traverser l'esprit quand un taxi s'arrêta soudain devant elle au bord du trottoir, comme par miracle. Une femme en descendit. Le plus étonnant fut que personne ne se précipitait pour monter dedans.

— Madame, vous venez ou pas ? cria le chauffeur par la fenêtre. Y a des gens qui attendent, vous savez.

Regardant autour d'elle, Lucie posa une main sur sa poitrine.

— C'est à moi que vous parlez ?

— Vous m'avez bien fait signe, non ?

— Euh… non.

— Bon d'accord.

Le chauffeur s'apprêtait à redémarrer, mais Lucie se précipita et ouvrit la portière.

— Est-ce que vous pourriez me conduire à l'Empire State Building ? Je dois y être à 16 heures.

— Avec cette circulation ? Vous rigolez ou quoi ?

— Faites de votre mieux.

Lucie ne comptait pas se rendre à ce rendez-vous, mais elle n'avait pas pu s'en empêcher. Quelqu'un lui faisait une mauvaise blague, voilà tout. Une très mauvaise blague. Aren était peut-être derrière tout ça, c'était un stratagème pour l'attirer à leur point de rendez-vous. Il voulait se venger. Il allait la laisser attendre seule pendant des heures, comme il avait été contraint de le faire près d'un an plus tôt.

Non, c'était impossible. Aren ne ferait jamais une chose pareille. Ce n'était pas dans sa nature de faire quelque chose d'aussi tordu.

C'était peut-être l'espoir qui l'avait convaincue d'y aller. L'espoir et le sentiment confus que, d'une manière ou d'une autre, Aren et elle réussiraient à tout arranger.

— Regardez-moi ça, murmura le chauffeur de taxi.

— Pardon ? demanda Lucie en se penchant en avant.

Elle avait été tellement perdue dans ses pensées qu'elle ne l'avait pas entendu.

— La Cinquième Avenue, dit-il en faisant un geste de la main pour l'inciter à regarder par le pare-brise.

Lucie regarda mais ne vit rien.

— Qu'y a-t-il ?

— Elle est déserte. J'ai toute une voie rien que pour moi. Ça fait vingt ans que je suis taxi et je n'ai jamais rien vu de pareil.

— Ah oui ? fit Lucie, ne sachant trop quoi dire.

— Vous avez un ange gardien ou un truc comme ça ? lança-t-il par-dessus son épaule.

— Non… Je ne crois pas.

Lucie commençait à se dire qu'il se passait des choses bizarres entre elle et les taxis ces temps-ci. Sa dernière expérience avec les vitres qui s'ouvraient toutes seules, le journal qui s'envolait et atterrissait au pied de ce policier… Et maintenant, la Cinquième Avenue vide à une heure de pointe… C'était étrange, on aurait dit que les voitures s'écartaient pour les laisser passer.

En moins de temps qu'il n'en aurait fallu pour le dire, le taxi était arrivé au pied du célèbre gratte-ciel. Le chauffeur se grattait la tête, stupéfait.

— Il est 15 h 55, dit-il. Je n'en reviens pas. Nous avons traversé tout Downtown en un temps record. Ça doit être un miracle de Noël.

— Cinq minutes d'avance ! s'exclama Lucie, stupéfaite.

Elle paya le chauffeur et sortit du taxi. Dans la rue, elle leva la tête pour regarder le sommet de l'Empire State Building, tout en tenant son bonnet de laine.

Puisqu'elle était là, elle pouvait au moins aller voir qui lui avait laissé ce mystérieux message. La queue pour prendre un ticket et aller admirer le panorama depuis le 102e étage avançait rapidement. La caissière regarda sa montre.

— Nous fermons à 16 h 15 aujourd'hui, à cause du réveillon de Noël.

— Je vous promets que je n'en ai pas pour longtemps.

La caissière tendit un billet à Lucie qui alla faire la queue pour prendre l'ascenseur. Ce serait le dernier aller-retour de la journée. Elle n'était montée tout en haut de l'Empire State Building qu'une seule fois lorsqu'elle était enfant, pendant une sortie de classe. Elle se souvenait que l'histoire de ce gratte-ciel l'avait impressionnée. Il avait été inauguré en 1931, juste après le début de la Grande Dépression.

Lucie sortit de l'ascenseur et se rendit directement sur la terrasse extérieure. Les lumières de la ville avaient commencé à s'allumer et elle resta immobile, fascinée par l'incroyable vue à 360° qui s'offrait à elle. Même si elle avait promis à la femme qui lui avait vendu son billet qu'elle ne resterait pas longtemps, Lucie ne pouvait détourner son regard du panorama.

La tristesse qui l'avait enveloppée depuis sa dernière conversation avec Aren s'envola. Tout d'un coup, elle savait ce qu'elle devait faire. Elle devait appeler Aren. La dernière fois qu'ils s'étaient parlé, elle lui avait dit qu'elle avait besoin de faire une pause. Et sa pause, elle l'avait eue.

Elle sortit son téléphone de son sac et fit défiler sa liste de contacts jusqu'à trouver le nom de Aren.

Un grand sourire illumina son visage lorsqu'elle appuya sur le bouton « Appeler ».

Il sonna quatre fois avant que la messagerie ne se mette en route.

17

Ce qui étonnait le plus Aren était le nombre de personnes qui se trouvaient au sommet de l'Empire State Building un 24 décembre. Même si le gratte-ciel s'apprêtait à fermer et que les gardes regardaient leur montre avec impatience, personne ne semblait pressé de partir. Et lui non plus.

Un peu plus tôt, Aren avait reçu un message de Jack lui demandant de venir le retrouver là à 16 heures mais Jack n'était nulle part.

Il ne lui avait pas fallu très longtemps pour deviner que, si Jack l'avait appelé, c'était parce qu'il s'apprêtait à offrir de nouveau à Josie la bague de fiançailles qu'elle lui avait rendue quelques mois plus tôt. Aren était vraiment très heureux pour eux deux.

Jetant un coup d'œil à sa montre, il haussa les épaules et regarda autour de lui. L'un des gardes annonça que les visiteurs n'avaient plus que quelques minutes avant la fermeture. La foule commença à se disperser. C'était sa sœur tout craché d'arriver en retard à ses propres fiançailles. Mais le plus bizarre était que Jack n'était toujours pas arrivé, lui non plus.

Il avait dû se passer quelque chose. Aren prit son téléphone pour rappeler Jack et découvrir ce qui s'était passé. À sa grande surprise, il se rendit compte qu'il avait coupé la sonnerie par inadvertance et raté plusieurs appels. Tandis qu'il passait en revue la liste des numéros, concentré sur ce qu'il était en train de faire, il bouscula, en reculant, la personne se tenant derrière lui.

— Excusez-moi, dit-il en se retournant. *Lucie ?* ajouta-t-il, quasiment incapable d'articuler son nom.

— *Aren ?*

— Que fais-tu ici ? demanda-t-il sans comprendre.

— J'ai reçu un message…

— Moi aussi !

— Je n'ai pas reconnu le numéro… Je ne voulais pas venir mais je me suis retrouvée dans un taxi et le chauffeur disait que ce serait impossible d'arriver à temps, et pourtant… Et il a dit que c'était un miracle de Noël, qu'il n'avait jamais vu ça…

Elle arrêta soudain de parler.

— Oh, Aren, je suis si heureuse de te voir.

Sur ces mots, elle se jeta dans ses bras.

Pris au dépourvu, Aren faillit perdre l'équilibre et tomber à la renverse. Il ne comprenait pas ce qui s'était passé ni comment cela se faisait qu'ils soient tous les deux là en même temps, mais il n'était pas d'humeur à se poser ces questions. Il était trop heureux pour s'en soucier. Il la serra dans ses bras, ferma les yeux et retint Lucie contre lui.

Elle avait dit que trouver un taxi avait été un miracle de Noël, mais Aren aussi en avait un, bien à lui, et c'était de tenir Lucie dans ses bras tandis qu'elle parlait si vite qu'il avait du mal à saisir même un seul mot.

— J'ai été si bête…

Aren l'écarta de lui et la fit taire en plaçant un doigt contre ses lèvres. Elle leva les yeux vers lui, interloquée, et il caressa doucement sa joue.

— Nous l'avons été tous les deux, dit-il.

— J'ai une vie de folle, je suis tellement occupée… Le restaurant doit marcher, mais je ne suis pas prête à renoncer à toi. Je ne peux pas.

— Bien.

À cet instant, il l'embrassa et se sentit envahi par un bonheur total.

— Je ne peux pas renoncer à toi, moi non plus.

— J'ai essayé de t'appeler.

— Quand ?

— À l'instant, mais je suis tombée sur ta messagerie et j'ai cru… Je pensais que tu ne voulais plus me parler et que j'avais tout gâché.

— La sonnerie était coupée. Je ne me souviens pas de l'avoir fait, mais…

— Qui t'a envoyé le message ? Parce que moi, je ne sais pas qui me l'a envoyé, fit-elle en levant vers lui des yeux brillants.

— Jack.

— Qui est Jack ?

— Le futur mari de Josie. Ils s'étaient séparés, mais se sont réconciliés récemment. Je pensais qu'il comptait la retrouver ici pour la demander en mariage une nouvelle fois.

— Une nouvelle fois ? répéta-t-elle.

— C'est une longue histoire.

Lucie sortit son téléphone portable de son sac et montra le message à Aren.

— Est-ce le numéro de Jack ?

— Non, c'est celui de ma sœur.

— Comment Josie a-t-elle obtenu mon numéro de téléphone ?

— Je n'en ai aucune idée, répondit-il en fronçant les sourcils. Mais ce qui s'est passé me paraît assez évident : Josie et Jack ont manigancé tout ça pour nous réunir.

— Ça a marché. Oh, Aren, joyeux Noël.

— Joyeux Noël, mon amour.

— « Mon amour » ? Veux-tu dire que tu es prêt à nous accorder une seconde chance ?

— Absolument !

Les yeux de Lucie s'emplirent de larmes.

— C'est le meilleur Noël de toute ma vie, dit-elle.

— Le mien aussi, ajouta Aren en déposant un tendre baiser sur son front. La dernière fois que j'étais ici, je t'ai attendue en espérant de tout mon cœur que tu viendrais. Cette fois, je ne m'attendais pas du tout à te voir, et pourtant te voilà.

— Je suis si heureuse d'être ici… et encore plus que tu le sois aussi.

— Parfait.

Puis, comme si l'idée venait tout juste de la traverser, elle ajouta :

— Tu veux bien rentrer à la maison avec moi ? Ma mère serait si heureuse de te voir. Elle a préparé un délicieux dîner qui, j'en suis sûre, suffirait à nourrir une dizaine de personnes. Oh, s'il te plaît, dis que tu viens avec moi. Nous pourrions aller à la messe de minuit ensemble. La musique est tellement belle, pour la messe de Noël.

Elle lui jeta un regard suppliant et Aren hocha la tête sans hésiter.

— J'ai été si malheureuse, mais j'étais bien trop têtue pour l'admettre, dit Lucie en se blottissant contre lui. Aren, oh Aren, j'ai été une parfaite idiote.

— Moi aussi.

— Non, protesta-t-elle. Tu t'es montré plus que raisonnable, alors que moi…

Il l'interrompit de la seule manière qui lui vint à l'esprit, en la prenant dans ses bras de nouveau et en l'embrassant passionnément. Un garde les rappela à l'ordre.

— Madame, monsieur, je suis désolé de vous interrompre mais nous allons fermer.

— Oh, pardon, murmura Lucie.

Aren passa un bras autour de sa taille. Serrés l'un contre l'autre, ils allèrent prendre l'ascenseur. Dès qu'ils furent sortis du gratte-ciel, Aren prit son téléphone portable.

— Qui appelles-tu ? demanda Lucie.

— Ma sœur, puisque c'est elle qui a tout manigancé.

Il composa le numéro et Josie répondit au bout de trois sonneries.

— Qu'y a-t-il ? chuchota-t-elle. J'espère que c'est important, parce que Jack vient de me rendre ma bague de fiançailles.

— Je voulais te remercier. Lucie et moi, nous vous sommes très reconnaissants.

— Hein ? Mais… pourquoi ?

— Pour les messages que toi et Jack, vous nous avez envoyés.

— Quels messages ?

— Allez, Josie, nous savons tout. Tu as envoyé un message à Lucie et j'ai reçu le même de la part de Jack. Nous nous sommes retrouvés au sommet de l'Empire State Building, comme vous l'aviez prévu.

— Attends une minute. Je n'ai jamais envoyé de message à Lucie, répondit Josie.

— Ah non ? demanda Aren, surpris. Tu veux bien vérifier sur ton téléphone ?

— Bien sûr, mais cela ne changera rien. Je sais que je n'ai pas envoyé ce message et, de plus, comment aurais-je obtenu le numéro de Lucie ?

C'était une bonne question, en effet.

— Ok, dit-il. Cela doit être un autre miracle de Noël, alors. Félicitations à toi et à Jack pour vos fiançailles. Je vais chez Lucie pour réveillonner avec elle et sa mère, mais je t'appellerai demain matin.

— Joyeux Noël, Aren.

— Joyeux Noël, dit-il avant de raccrocher.

Sa sœur avait l'air plus heureuse qu'elle ne l'avait jamais été. Aren le comprenait aisément, car il était au septième ciel lui aussi.

***

— Voulez-vous m'expliquer comment Josie a obtenu le numéro de téléphone de Lucie ? demanda Gabriel à Mercy et ses amis.

Ils s'étaient retrouvés sous la toiture de l'église de Brooklyn pour assister à la messe de Noël. Aren, Lucie et Wendy étaient assis juste en dessous.

Aren et Lucie partageaient leur livre de prières. Leurs voix s'élevaient dans l'église tandis qu'ils chantaient *Douce Nuit.*

— Euh…

— Mercy, pourquoi ai-je l'impression que vous avez quelque chose à voir avec ça ? demanda-t-il d'un air sévère.

— Nous devions faire quelque chose, s'exclama Will. Je me sentais responsable de tous leurs problèmes, alors nous avons un peu désobéi à vos instructions pour arranger les choses.

— Que va-t-il leur arriver ? demanda Goodness dont la curiosité était trop forte. Vous connaissez l'avenir, Gabriel. Pas nous.

— Répondez d'abord à mes questions.

— Eh bien… Vous avez dit que nous ne pouvions pas intervenir dans leurs vies, dit Will.

— J'ai dit que vous ne pouviez pas recommencer, souligna Gabriel.

— Oui, dit Will.

— Et…

Gabriel fixa son regard sur Mercy.

— Pourquoi me regardez-vous ainsi ? demanda-t-elle en faisant de son mieux pour avoir l'air innocent.

— Parce que vous êtes toujours celle qui entraîne les autres à désobéir aux règles.

— Moi ? s'exclama-t-elle d'un air offensé.

Des quatre, n'était-ce pas toujours elle, au contraire, qui s'assurait que les autres ne faisaient pas de bêtises ?

— C'est injuste, protesta-t-elle.

— C'est vrai, intervint Goodness en prenant le parti de son amie.

— Mercy a fait de son mieux pour nous empêcher de transgresser les règles.

— Je n'ai pas l'impression qu'elle ait réussi, répondit Gabriel.

Les ailes tombantes, Mercy murmura :

— Voulez-vous que… Enfin, devrai-je…

— Mercy, non ! s'écria Goodness qui vint se placer aux côtés de son amie.

— Si quelqu'un doit partir, alors ce sera moi, déclara Shirley qui fit un pas en avant.

— Ou moi, ajouta Will. Je pourrais peut-être être transféré ailleurs.

Gabriel leva les mains pour les faire taire.

— Étant donné que c'est Noël, je crois que je peux passer l'éponge pour cette fois.

— Vraiment ? demanda Mercy, pleine d'espoir.

Apparemment, Gabriel était d'humeur généreuse.

— Ce n'est pas comme si vous aviez fait quelque chose de grave, comme par exemple kidnapper un chameau pour le relâcher à l'extérieur du théâtre. Voilà qui serait impardonnable.

Goodness retint son souffle si longtemps que Mercy dut lui donner une tape dans le dos.

— Ça aurait pu être pire, non ? demanda Gabriel, tapant du pied avec impatience.

Les quatre anges gardaient les yeux rivés au sol, incapables de croiser le regard impitoyable de Gabriel.

— Non ? répéta-t-il plus fort.

— Si, si, répondit Mercy d'une petite voix.

— L'un de vous aurait pu faire quelque chose de vraiment fou, comme interrompre une pièce de théâtre et suspendre les acteurs dans les airs sans fil pour les retenir.

Mercy n'osait pas lever la tête.

— Nous ne ferions jamais rien de tel, marmonna Goodness.

— Ou jouer du tuba.

— Je n'ai pas joué du tuba, s'exclama Will. Je voulais juste le regarder !

Réalisant soudain qu'il s'était trahi, il plaqua la main sur sa bouche.

— Eh bien, mes amis, dit Gabriel en souriant. Malgré tout, vous avez réussi à exaucer la prière de Wendy. Lucie et Aren sont réunis et ils se sont retrouvés au sommet de l'Empire State Building.

— Leur relation va-t-elle durer ? demanda Will.

— Ils se marieront au mois d'octobre prochain, répondit Gabriel.

— Génial.

— Auront-ils des enfants ?

— Deux. Un garçon et une fille.

— Qu'adviendra-t-il du restaurant ?

— Qu'adviendra-t-il de Aren ? Continuera-t-il à écrire pour le journal ?

— Une question à la fois, mes amis, dit Gabriel en se penchant en avant pour observer Aren et Lucie avec un sourire bienveillant. Le restaurant connaîtra un succès retentissant et l'investissement de Wendy portera ses fruits. Les deux femmes vendront *De Divins Délices* dans cinq ans pour le double de leur investissement, juste après la naissance de la fille de Lucie.

— C'est formidable, mais que fera Lucie sans le restaurant ? Elle adore cuisiner.

— Elle n'abandonnera pas sa carrière pour autant, bien au contraire. Elle continuera à créer des recettes pour certains des plus grands chefs du pays.

— Et Aren ?

— Aren connaîtra bien des surprises.

— Lesquelles ? demanda Goodness.

— Il quittera le journal peu de temps après avoir publié son premier roman.

— Aren va écrire un roman ? Je ne savais pas qu'il écrivait de la fiction.

— C'est une passion secrète. Il passera plusieurs années à travailler sur son livre pendant son temps libre et lorsqu'il l'aura vendu à une maison d'édition, ce sera un succès immédiat, bien au-delà de tout ce que lui ou Lucie auraient pu imaginer.

— C'est merveilleux, s'exclama Mercy en se frottant les mains de plaisir.

Tout se terminait encore mieux qu'elle n'avait osé l'espérer.

— Ils seront heureux ensemble, tout comme Josie et Jack.

Gabriel étendit ses grandes ailes, enveloppant les quatre anges.

— Êtes-vous prêts à retourner au Ciel ? demanda-t-il.

— Oui, nous le sommes, répondit Mercy.

Et c'est ainsi que nos quatre anges retournèrent au Paradis. Plus ils s'en rapprochaient et plus ils entendaient résonner dans les Cieux un air plus beau que les plus belles mélodies jamais entendues sur Terre. La célébration de la naissance d'un bébé dans une étable, plus de deux mille ans plus tôt, ne faisait que commencer.

DÉCOUVREZ AUSSI DE LA MÊME AUTRICE

« Cher Père Noël,
C'est Lindy. J'espère que tu ne m'as pas oubliée. »

Dans le paisible village de Wenatchee, des guirlandes lumineuses ont été suspendues aux toits, d'épais tapis de neige couvrent les pelouses et il flotte dans l'air une odeur de biscuits de Noël. Mais le charme des fêtes ne semble pas pouvoir apaiser le chagrin de Lindy Carmichael qui vient de perdre, du même coup, celui qu'elle croyait être l'amour de sa vie et sa meilleure amie. Alors, quand sa mère lui conseille de renouer avec sa tradition d'enfance en envoyant une lettre au pôle Nord, Lindy est sceptique.

Mais, la dernière fois qu'elle a rédigé une lettre au père Noël, un beau-père est miraculeusement apparu dans sa vie et celle de sa mère, alors peut-être que cette année aussi, ses vœux seront exaucés...

Noël, la neige, les illuminations, les chocolats chauds au coin du feu… une invitation à l'amour ? Pas pour Merry. En ce moment, c'est même le cadet de ses soucis. Entre une famille très (trop ?) présente, les préparations de cette fête qu'elle adore et un patron exigeant (autoritaire ?), elle n'a pas le temps de chercher l'âme sœur. Alors, quand sa mère et son frère lui créent un profil sur un site de rencontre, c'en est trop : elle entre dans une colère folle ! Mais bientôt, malgré elle, Merry se laisse prendre au jeu. Surtout quand elle fait la connaissance d'un charmant inconnu, un homme qui partage ses goûts et centres d'intérêt… Et si c'était lui, enfin, l'homme idéal ? Hélas, celui qui se présente au café où ils se sont donné rendez-vous est bien le dernier qu'elle aurait imaginé pour le rôle…

Coincée au fin fond de l'Alaska pour tout l'hiver, Josie Avery a l'impression de vivre son pire cauchemar… À l'heure qu'il est, elle devrait être en route pour le job de ses rêves à Seattle, mais il faut se rendre à l'évidence : le dernier ferry reliant l'île au continent est parti sans elle. La voilà bloquée sur ce petit bout de terre aux confins du monde jusqu'à la prochaine belle saison.

Bien qu'elle soit complètement tombée sous le charme de l'exubérante nature qui l'entoure – les cris des élans, la lumière irréelle des aurores boréales et la neige qui tombe à gros flocons –, sa vie n'est pas ici. Et ce ne sont pas les habitants hauts en couleur de la ville, ni même le séduisant Palmer Saxon, qui la feront changer d'avis…

PEFC PEFC/14-38-00277

Cet ouvrage est composé de matériaux issus de forêts gérées durablement certifiées PEFC™.
Le Programme de reconnaissance des certifications forestières (PEFC™) est le plus grand organisme mondial indépendant de contrôle pour une gestion durable des forêts.
Pour en savoir plus, consultez le site www.pefc-france.org

Achevé d'imprimer en septembre 2023
par Novoprint
Dépôt légal : octobre 2023
Imprimé en Slovaquie